KB162992

아픈건 싫으니까 방어력에 올인하려고 합니다.

[글] 유우미칸

[일러스트] 코인

3

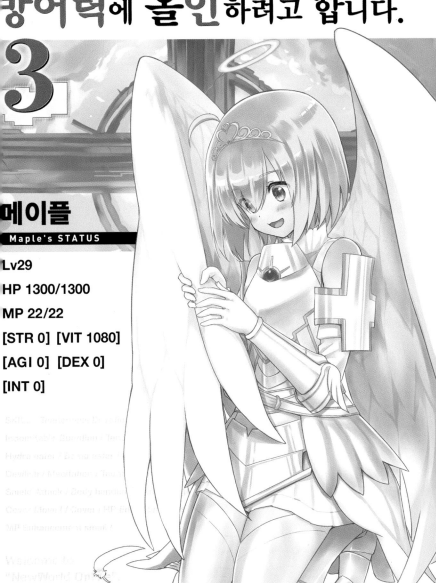

메이플
Maple's STATUS

Lv29

HP 1300/1300

MP 22/22

[STR 0] [VIT 1080]

[AGI 0] [DEX 0]

[INT 0]

메이플이 받은 힘, 한때 신이었던 자의 힘.

그 몸을 감싸는 것은

밤하늘을 떼어다 붙인 듯 검은 장비들……!

꿈의 묘지에서

「메이플 씨, 고맙습니다!

덕분에 레벨도 많이 올랐어요」

「꼭 도움이 되겠어요!」

귀여운 옷에

파괴력 만점인 대형망치를 든 모습은

정말 이질적이었다.

【단풍나무】 길드 홀 앞에서

SKILL Tenderness Devotion / Fortress / Absolute protection /
Indomitable Guardian / Tenderness Devotion / Psychokinesis /
Hydra eater / Bomb eater / Giant killing / Devilish /
Meditation / Taunt / Parrying / Encouragement /
Shield Attack / Body handling / Knowledge of the shield IV /
Cover Move I / Cover / HP Enhancement small / MP Enhancement small /

Maple's STATUS
Lv29   HP 1300/1300   MP 22/22
[STR 0]   [VIT 1080]
[AGI 0]   [DEX 0]   [INT 0]

아프건
싫은니까
방어력에
올인하려고
합니다.

[글] 유우미칸
[일러스트] 코인

3

Welcome to
"NewWorld Online".

NewWorld Online STATUS

NAME 메이플 ‖ maple LV **29**

HP 200/200 MP 22/22

STATUS

STR 000 VIT 321 AGI 000 DEX 000 INT 000

EQUIPMENT

‖ 초승달 skill 히드라   ‖ 어둠의 모조품 skill 악식   ‖ 흑장미의 갑옷

‖ 인연의 가교   ‖ 터프니스 링   ‖ 생명의 반지

SKILL

【실드 어택】【몸놀림】【공격 피하기】【명상】【도발】【고무】【HP강화(소)】【MP강화(소)】
【대형 방패의 소양IV】【커버 무브Ⅰ】【커버】【절대방어】【극악무도】【자이언트 킬링】【히드라 이터】
【봄 이터】【불굴의 수호자】【사이코 키네시스】【포트리스】

NewWorld Online STATUS

NAME 사리 ‖ sally LV **24**

HP 32/32 MP 80/80

STATUS

STR 055 VIT 000 AGI 153 DEX 045 INT 050

EQUIPMENT

‖ 심해의 대거   ‖ 해저의 대거

‖ 수면의 머플러 skill 신기루   ‖ 대해의 코트 skill 대해

‖ 대해의 옷   ‖ 블랙 부츠   ‖ 인연의 가교

SKILL

【슬래시】【더블 슬래시】【질풍 베기】【디펜스 브레이크】【고무】【다운 어택】【파워 어택】
【스위치 어택】【파이어 볼】【워터 볼】【윈드 커터】【사이클론 커터】【샌드 커터】【다크 볼】
【워터 월】【윈드 월】【리프레시】【MP 컷(소)】【힐】【상태이상 공격Ⅲ】【근력 강화(소)】
【연속공격 강화(소)】【체술Ⅴ】【MP 강화(소)】【마법의 소양Ⅱ】【MP 회복속도 강화(소)】
【독 내성(소)】【채집 속도 강화(소)】【단검의 소양Ⅱ】【불 마법Ⅰ】【물 마법Ⅱ】【바람 마법Ⅲ】
【흙 마법Ⅰ】【어둠 마법Ⅰ】【빛 마법Ⅱ】【연격검Ⅱ】【기척 차단Ⅱ】【기척 감지Ⅱ】
【발소리 죽이기Ⅰ】【도약Ⅲ】【낚시】【수영Ⅹ】【잠수Ⅹ】【요리Ⅰ】
【고대의 바다】【추인】【초가속】【잔재주꾼】

CONTENTS

All points are divided to VIT.
Because
a painful one isn't liked.

프롤로그 방어 특화와 대실수.

리사의 권유로 〈New World Online〉를 시작해 방어력에 모든 스테이터스를 투자하고 압도적인 방어력을 얻은 카에데는 메이플이라는 캐릭터 이름으로 제1회 이벤트에서 좋은 성적을 남겨서 게임 안에서 주목을 모으게 됐다. 그리고 어제 있었던 제2회 이벤트에서도 리사의 캐릭터인 사리와 함께 그 방어력을 살려서 은메달 열 개라는 목표를 달성하여 강력한 스킬을 두 개 입수했다.

그리고 그다음 날 아침.

카에데는 침대에서 부스스 일어났다.

"별로 못 잤어……."

체감으로 7일 만에 누운 침대에서, 카에데는 좀이 쑤셔서 잠들지 못했다.

카에데는 졸린 듯이 눈을 비비면서 침대에서 나와 준비를 하나하나 마치고 학교를 향해 걸음을 옮기기 시작했다.

"오늘은 좀 덥네."

카에데는 땀이 나지 않을 만큼만 서둘러서 학교로 향했다.

교실에 들어가자 리사가 먼저 와 있었다.

두 사람은 평소보다 일찍 등교했기에 교실에는 두 사람밖에 없었다.

"안녕, 카에데."

"안녕, 리사!"

카에데는 자기 자리에 가방을 두고 리사의 자리에 다가갔다.

"왠지 학교에 오래간만에 오는 것 같아!"

"그러게. 하긴 7일이나 거기 있으면 말이지……. 아, 맞다. 카에데도 오늘은 조심하는 게 좋을 거야."

"어? 뭐를?"

조심하는 게 좋다는 말을 들어도 카에데로서는 뭘 조심하면 좋을지 알 수 없었다.

"게임 안에서는 항상 몬스터나 플레이어를 경계했잖아? 무심코 그쪽 습관이 튀어나올지도 모른다는 소리."

리사가 말하는 것은 메이플이나 사리로서의 행동이 무심결에 나올지도 모른다는 이야기였다.

"하지만 여태까지 꽤 플레이했지만 그런 적 없었는데?"

"뭐, 혹시나 해서 하는 말이야. 카에데는 여태까지 7일이나 연속해서 로그인한 적 없었지?"

"하긴……. 응, 알았어! 조심할게."

그렇게 이야기하는 사이에 다른 학생들이 슬슬 교실에 들어오기 시작한다.

카에데는 수업이 시작되기 5분 전에 이야기를 마치고 자기 자리로 돌아갔다.

그날 귀갓길.

비틀거리는 발걸음으로 자기 방에 도달한 카에데는 베개에 얼굴을 묻고 소리쳤다.

"……오늘을 없었던 날로 하고 싶어어어어어!"

카에데는 오늘 하루를 돌아보았다.

1교시.

"……쿠울……쿠울."

어제 좀이 쑤셔서 푹 자지 못했던 카에데는 어쩐 일로 수업 중에 졸았다.

창문과 가까운 자리인 탓에 딱 볕이 잘 드는 환경도 졸음을 부르는 원인이 됐다.

그리고 조는 일이 별로 없는 사람일수록 걸리는 법이다.

리사는 이미 깨우라는 소리도 듣지 않는 인간이다.

카에데 옆자리의 여학생이 교사의 지적에 카에데를 찔러서 깨웠다.

"으……응? ……후아…… 벌써 불침번 교대? ……어라?"

기지개를 켜면서 다소 큰 소리로 말했다.

카에데의 발언에 교실이 술렁거렸다.

카에데는 지금 자기가 어디에 있는지 떠올렸지만, 이미 늦었다.

"그러니까 조심하라고 했는데."

리사가 나지막이 중얼거리며 카에데 쪽을 보았다.

"……수업에 집중하도록."

"아, 네……. 죄송합니다."

이게 오늘의 첫 실수다.

다음은 3교시가 끝난 뒤 쉬는 시간이었다.

화장실에서 교실로 돌아오는 도중의 복도.

교실 이동 수업인 학급이 있었는지 복도에는 사람이 많았다.

그때 우연히 카에데의 뒤를 걷던 학생이 다른 학생과 엇갈릴 때 부딪치는 바람에, 손에 든 교과서와 필통을 떨어뜨렸다.

당연히 지면에 떨어질 때는 소리가 난다.

"……!"

카에데는 정말로 멋지게 몸을 돌리면서 왼손을 내밀고 오른손을 허리춤으로 가져갔다.

리사가 시키는 대로 몇 번이나 반복 연습한 움직임이었다.

장소에 따라서는 완벽한 반응이었겠지.

다만 여기에는 방패와 단도가 없다.

"어? 어?"

갑자기 눈앞에서 포즈를 취하는 카에데를 보고 여학생이 굳었다.

카에데는 천천히 팔을 거두고 어색한 웃음을 지으며 얼버무리더니 서둘러 그 자리를 뒤로했다.

이미 이 시점에서 카에데의 멘탈은 엉망이었다.

사람들 앞에서 두 번이나 큰 실수를 저지르면 누구든 기분이 다운될 것이다.

카에데는 더 이상 실수하지 않도록 스스로의 언동에 주의를 기울였다.

다만 두 번 있는 일은 세 번 있는 법.

실수하지 말자고 생각할수록 실수하고 마는 일은 곧잘 있는 법이다.

점심 시간 뒤, 체육시간.

체육관에서 피구를 했다.

카에데와 리사는 같은 팀이 됐다.

이 시점에서 카에데 팀이 전멸하는 일은 없어졌다.

누가 아무리 애써 봤자 리사에게 공을 맞힐 수 없다.

상대 팀이 집요하게 리사를 노려도 맞지 않았다.

게임 안과 달리 아슬아슬하게 피할 필요도 없으니까 맞을 리도 없다.

"여전히 대단하네……."

이 시점에서 리사를 보는 것을 멈추었으면 이후에 일어나는, 오늘 최대의 실수는 일어나지 않았을지도 몰랐다.

"……카에데!"

리사만 노리던 상대 팀이 갑자기 표적을 바꾸어서 명중률을 높이려고 한 거겠지.

이때 새로운 표적이 된 것은 카에데였다. 카에데는 리사 쪽을 보고 있었기 때문에 반응이 늦었다.

리사의 목소리에 반응하여 공을 보았을 때는 이미 공이 카에데를 향해 똑바로 날아오고 있었다.

이전의 카에데라면 바로 웅크리거나 옆으로 뛰었겠지.

다만 최근의 카에데는 뭔가가 날아올 때 그런 식으로 회피하지 않았다.

"【커버 무……아!"

아슬아슬한 타이밍에 정신을 차리고 두 손으로 입을 틀어막았지만, 그 상태로는 공을 피할 수도, 막을 수도 없었다.

얼굴에 맞으면 아웃으로 안 치는 규칙은 적용되지 않았다.

"카에데?! 괜찮아?"

"괜찮아……."

카에데로서는, 카에데 자신이 갑자기 뭐라고 소리치는 바람에 다들 수군대는 것만 빼면 문제없었다.

여기에 있는 여학생들은 리사를 제외하고 누구도 〈New World Online〉을 플레이하지 않았기 때문에 카에데가 뭐라고 하는지 몰랐다는 것이 불행 중 다행이었다.

"좀 쉬고 올게……."

"그게 좋겠어."

카에데는 벽에 등을 기대고 고개를 수그렸다.

이게 오늘 저지른 실수들이다.

"……한동안 게임 하지 말자."

이날부터 사흘 동안, 카에데는 만일을 위해 한 번도 로그인하지 않았다.

그 덕분일까, 아니면 결의 덕분일까.

사흘 뒤에는 카에데가 실수하는 일이 사라졌다.

1장 방어 특화와 새 컨텐츠.

메이플은 사흘 만에 로그인해서 광장에서 사리를 기다렸다. 이벤트 전과 비교하면 사람이 적은 모습이지만 왠지 다들 술렁대고 있었다. 메이플은 평소와 조금 다른 그 모습을 지켜보았다.

잠시 기다리자 사리가 나타났다.

"미안, 기다렸어?"

"아니, 별로 안 기다렸어. 오늘은 왜들 이래?"

"으음……. 그렇지. 메이플은 사흘 동안 무슨 일이 생겼는지 어느 정도 알아?"

"어? ……전혀 모르는데? 게임을 딱 끊고 있었으니까."

메이플은 사흘 동안 이 게임에서 무슨 일이 있었는지 모른다.

로그인만 안 한 게 아니라 게임에 관한 모든 정보도 차단하고 있었다.

"그럼 하나씩 설명할게."

"응, 부탁합니다."

"일단은 방패 스킬이 대폭 추가됐어. 관통공격에 대항하는 스킬이던데."

"오오!"

메이플에게는 아주 기쁜 일이다.

사리의 말에 따르면 취득 방법도 운영이 공지했다는 모양이
었다.

스킬은 메이플이 나중에 확인하기로 하고, 사리는 이야기를
이어 나갔다.

"그리고 이게 중요한데…… 메이플이 없는 동안에 이벤트
라고 할까…… 신규 컨텐츠? 아무튼 그게 추가됐어."

"신규 컨텐츠?"

"【광충(光蟲)】이라는 금색 벌레가 필드 어딘가에 나오게 됐
어."

사리의 말로는, 여러 종류의 금색 벌레가 필드에 나타나고,
그걸 쓰러뜨리면 【광충의 징표】를 확정적으로 드롭한다고 한
다.

"그 징표는 어디에 쓰는데?"

"신규 컨텐츠인 【길드 홈】을 살 때 필요해."

"길드…… 홈?"

"이 마을에는 못 들어가는 건물이 많이 있잖아."

"응."

메이플이 주위를 둘러보기만 해도 그런 건물이 몇 채 보였다.

이 넓은 마을의 건물 중 대부분이 들어갈 수 없는 곳이다.

NPC의 가게나 플레이어가 NPC에게 돈을 내고 빌리는 대장간 등을 제외하면 대부분이 그랬다.

　"징표 하나로 그걸 하나 살 수 있어. 벌레 종류에 따라서 살 수 있는 【길드 홈】의 랭크도 다르대. 그리고 각 층에 거점으로 【길드 홈】을 가질 수 있어."

　"흠흠, 과연."

　사리가 【길드 홈】의 장점으로 앞으로는 【길드 홈】 전용 아이템으로 스테이터스 상승 효과를 받을 수 있게 된다는 점을 말하고, 다음으로는 【광충】의 숫자에 대해 말하기 시작했다.

　"【광충】의 숫자는 현재 한계가 있어서…… 딱 건물 숫자밖에 없어."

　"에엣?!"

　"운영은 조금씩 건물을 늘려나갈 생각인가 본데."

　하지만 그건 지금 있는 【광충】의 숫자를 늘리는 것과는 이어지지 않는다.

　즉, 메이플은 한발 늦은 것이다.

　"그, 그럼 서둘러 찾으러 가자!"

　메이플은 【길드 홈】이란 것을 체험하고 싶었다.

　지금 징표를 얻지 못하면 언제 다음 기회가 올지 모른다.

　여기서 계속 이야기만 하고 있을 수는 없었다.

　"메이플."

　"어, 왜?"

사리가 파란 화면을 조작해서 인벤토리에서 아이템을 꺼냈다.

"이미 확보했어. 메이플이 탐내겠다 싶어서."

"오……오오오! 고마워!"

"다만…… 이건【길드 홈】을 사는 권리를 손에 넣었을 뿐이지, 구입하려면 돈도 필요해."

【길드 홈】이 없어도【길드】성립은 가능하지만, 그 경우 사리가 말한 스테이터스 상승효과를 받을 수 없다.

"그건 얼마나 해?"

"내가 입수한 제일 낮은 랭크가…… 500만 골드."

"오……?! 에엣?"

메이플이 이즈에게【백설】제작을 의뢰했을 때 모은 돈을 훨씬 웃도는 그 금액에 놀라서 눈을 동그랗게 뜨며 소지금을 확인했다.

그리고 메이플은【백설】제작에 필요한 돈밖에 모으지 않았다.

또한 매일 포션 등을 조금씩 쓰기 때문에 메이플의 소지금은 5만 골드 정도밖에 없었다.

"그럼…… 오늘은 돈을 모으러 가자! 얼른【길드 홈】을 갖고 싶어."

그리고 메이플은 마을 밖으로 나가려고 했다.

"메이플."

"응, 왜?"

사리가 스테이터스 화면을 열면서 메이플에게 다가갔다.

그 일부를 가리키면서 메이플에게 보여주었다.

사리의 소지금 칸에는 5가 하나에 0이 여섯.

"이미 다 준비해 놨어."

"대, 대단해! 사리 대단해!"

"후후후……. 더 칭송하거라."

메이플이 기뻐하는 모습을 보고 사리가 득의양양한 표정을 지었다.

딱히 꼼수를 써서 이만한 금액을 번 것이 아니다. 그저 오로지 3일 동안 전력으로 드롭 아이템을 모아서 파는 일을 반복했을 뿐이다.

사리는 메이플의 칭송을 받은 뒤에 기쁜 눈치로 구입할 수 있는 집이 있는 곳으로 가자고 말했고, 메이플도 고개를 끄덕이며 그 말에 찬성했다.

장소를 아는 사리의 뒤를 따라가는 형태로 메이플도 발을 옮겼다.

"돈, 나중에 갚을게."

"으음……. 괜찮은데? 그렇게 필요한 것도 아니고. 꼭 돌려주고 싶거든 나한테 맞는 장비 같은 거면 어때?"

"……응! 알았어, 찾아볼게!"

"언제든지 좋으니까."

마을 구석 근처까지 와서 사리가 걸음을 멈추었다.

중심 광장이나 NPC의 가게 등을 이용하기에는 불편한 구역이었다.

"이 근처일까."

"꽤 걸었네."

"더 높은 랭크의 징표라면 마을 중심의 커다란 【길드 홈】을 살 수 있지만."

"확보해 준 것만으로도 충분해!"

메이플은 【길드 홈】의 크기를 신경 쓰지 않았다.

메이플의 성격이나 사고방식에서 보면, 당연히 그렇게 생각할 것이다.

메이플은 잠시 걷는 도중에 한 【길드 홈】을 발견했다. 걷는 도중에 사리가 설명해 준 내용인데, 길드 홈으로 이미 등록된 경우에 문에 떠오르는 문장도 없었다.

"여기…… 좋을지도."

인적 없는 길목 안쪽. 돌로 된 계단을 내려간 곳, 약간의 장식이 있는 조그만 나무문.

조용하게 자리 잡은, 하지만 눈에 전혀 안 띌 정도도 아닌 【길드 홈】은 조촐한 비밀기지 같은 분위기를 자아냈다.

"그러게. 메이플이 좋아할 곳 같아."

"여기면 될까?"

"응, 좋지 않을까?"

"한다?"

"오케이!"

메이플에게 확인을 받은 사리는 【광충의 징표】를 꺼내어 문에 붙였다.

하얀 빛이 길을 밝히고 문에 희미하게 빛나는 문장이 떠오르더니, 문이 천천히 열렸다.

두 사람은 차례로 【길드 홈】 안에 들어갔다.

"오……. 제법 넓네."

내부 인테리어를 슬쩍 확인해 보니, 차분한 색조의 나무 가구가 주를 이루었다.

방 안쪽에는 파란 패널이 벽에 박혀 있고, 거기에 정보를 입력하여 길드 멤버를 등록할 수 있었다.

사리가 양보했기 때문에 메이플이 길드 마스터가 됐다.

"길드 홈의 넓이라든지 보면 이게 최하급이지만. 그래도 길드 멤버는…… 50명까지 등록할 수 있어."

"2층도 있지만…… 그렇게나 들어가?"

"뭐, 한계치니까 쾌적하지 않을지도 모르지만…… 가입할 사람을 부를까? 서두르지 않으면 다들 다른 길드에 들어갈걸?"

사리가 메이플에게 제안하자, 메이플은 잠시 생각하다가 뭔가 떠오른 것처럼 고개를 끄덕였다.

"……카스미랑 카나데를 데려와 볼까!"

카스미는 제2회 이벤트에서 사막 지하의 동굴을 협력해서 탈출했고, 마지막 날에도 우연히 함께 지내면서 친해진 플레이어다. 카나데도 이벤트 도중에 메이플이 해변에서 오셀로를 하고 놀며 친해진 플레이어다.

"그렇게 말할 줄 알았어. 괜찮겠네."

메이플이 두 사람에게 메시지를 보내자 몇 분 뒤에 두 사람에게서 답변이 왔다.

결과적으로 다행스럽게도 두 사람 다 아직 길드에 소속되지 않았다.

그리고 메이플의 권유에 쾌히 응해 주었다.

"와아! 사리! 잠깐 광장까지 다녀올게!"

"응, 다녀와!"

메이플은 기운차게 문을 열고 뛰어나갔다.

메이플이 광장에 도달했다.

두 사람은 중심에 있는 분수 가장자리에 앉아 있었지만, 메이플을 보고 각각 다가왔다.

카나데와 카스미가 서로 자기소개를 끝내자 메이플이 말했다.

"두 사람 다 고마워! 기뻐!"

"나도, 불러 줘서 기뻐."

"음, 고맙군."

서로 그런 이야기를 주고받고 걷기 시작했다.

그때.

"응? 저건⋯⋯."

메이플이 가만히 그 인물을 바라보자, 저쪽도 그걸 알아차린 모양인지 다가왔다.

"오, 이벤트 때 이후로 처음이지?"

"크롬 씨! 오래간만이에요."

그 인물은 크롬이었다.

크롬은 메이플이 게임을 갓 시작했을 무렵, 대장장이 이즈를 소개해 주면서 메이플과 알게 된 사이로, 제1회 이벤트에서도 좋은 성적을 남겼던 방패 유저였다. 메이플은 몇 안 되는 지인과 만날 수 있어서 기쁜 듯 웃으면서 대답했다.

메이플과 크롬이 만나는 것은 이벤트 때 설산 정상에서 만난 이후 처음이었다.

"메이플은 이벤트 어땠어? 우리 다음 차례로 설산의 거길 들어갔지?"

그거라면 물론 괴조의 둥지를 말한다.

"무진장 강했어요! 간신히 이겼지만요."

크롬도 메이플이 쓰러뜨렸을 거라고 예상하긴 했지만, 실제로 본인 입에서 그 말을 들으니 더욱 경악했다.

그렇다. 【그거】를 쓰러뜨렸나 하고 말이다. 크롬은 자기가 싸웠다가 순식간에 패했던 보스를 쓰러뜨린 메이플의 강함을 재확인했다.

"그 정도로 강하다면 길드도 마음대로 골라잡아 들어갈 수 있겠지, 뭐……. 조건을 붙이는 곳도 있지만……."

"길드……. 그렇지! 괜찮다면 크롬 씨도 우리 길드에 들어올래요? 아직 예정이 없다면 말이지만요."

크롬은 제2회 이벤트에서 다른 사람과 파티를 맺었기 때문에 어려울 거라고 생각했다.

그렇기 때문에 메시지를 보내지 않았지만, 모처럼 만난 김에 일단 물어보기로 한 것이다.

"그래도 되겠어? 메이플이 괜찮다면야 기꺼이 들어가겠는데……."

크롬의 말로는, 지난번 이벤트 때 파티는 임시로 결성한 것이라고 한다.

즉, 지금 크롬은 프리다.

그렇기에 메이플은 크롬도 데리고 넷이서 【길드 홈】으로 향했다.

"다녀왔어!"

"어서 와. 어라? 크롬 씨도 데리고 왔네."

"우연히 만났는데, 들어와 준대!"

"그럼 전원 등록해야지."

새롭게 들어온 세 명이 각각 방 안쪽에 있는 파란 패널에 입력을 마쳤다. 그게 끝나자 메이플이 입을 열었다.

"어어……. 그럼 정식으로 인사를. 길드 마스터인 메이플입니다. 방어와 독 공격에는 자신이 있습니다!"

메이플은 잘 부탁한다는 말과 함께 고개를 숙였다. 각자 특기 분야가 있어서, 사리는 회피, 크롬은 방패 사용에 능하고, 카스미가 근접, 카나데는 원거리 마법으로 균형도 잡혔다.

"남은 건…… 길드 이름을 정해야지."

"메이플이 정해. 길드 마스터고."

"나도 그게 좋다고 생각한다."

"그래, 나도 찬성이야."

네 명의 말에 메이플이 생각했다.

잠시 뒤에 메이플이 패널에 이름을 입력했다.

【단풍나무】

메이플이 이름을 지은 이 길드는 소수 인원의 길드로 활동해 나간다.

그리고 나중에 【인외마경】이나 【마계】라고 불리게 되는데, 그건 아직 한참 뒤의 이야기다.

◆ □ ◆ □ ◆ □ ◆ □ ◆

메이플은 시럽의 등에 타고 필드를 날아다녔다. 제2회 이벤트에서 동료가 된 시럽을 【거대화】로 키워서 하늘에 띄우는 것이다.

걷는 것보다 훨씬 빠르기 때문에 어쩔 수 없겠지.

"카나데! 오늘 잘 부탁해."

"맡겨 줘!"

카나데도 타고 있는 이유는 소재를 모으기 위해서다.

길드 결성 다음 날, 이즈가 새롭게 길드에 들어왔다. 이즈는 메이플에게 【백설】이라는 방패를 만들어준 생산직 플레이어다. 뛰어난 생산 능력을 가졌고, 이번에 메이플이 보낸 길드 가입 요청에 응해 주었다.

오늘은 【길드 홈】 안에 있는 공방에 소재를 비축하기 위해서 광산으로 가는 중이다.

사리, 크롬, 카스미는 목재와 천을 모으러 다른 장소로 이동하고 있다.

이즈는 생산 능력에 모든 것을 바쳤기 때문에 전투는 말짱 꽝이었다.

공격 스킬이 거의 없기 때문에, 제대로 전투를 할 수 없다고 했다.

그 대신 생산 스킬의 레벨이 높다.

무기, 천 제품, 액세서리, 가구.

생산이라는 이름이 붙은 것은 뭐든지 할 수 있는 것이다.

"내가 호위할 테니까, 【채굴】을 부탁해!"

"이번에는 【아카식 레코드】가 도움이 됐어. 우연히 【채굴
Ⅴ】가 나왔으니까."

【신계서고(神界書庫)】

생산 스킬, 전투 스킬, 기타 스킬에서 각각 세 개씩을 랜덤으로, 합계 9
개의 스킬을 취득한다.

스킬 레벨은 중, 또는 Ⅴ로 고정.

사용 후 게임 내 시간으로 하루가 경과하면 취득 스킬은 사라진다.

이미 취득한 스킬은 고를 수 없다.

카나데는 【아카식 레코드】의 효과로 우연히 【채굴 Ⅴ】를 입
수했기 때문에 오늘만큼은 채굴을 할 수 있다. 그렇기 때문에
메이플과 함께 광산에 가게 됐다.

곡괭이로 광석을 캐는 것이다.

"광산에는 골렘도 나와. 그쪽은 맡겨 줘!"

"나는 지팡이 말고는 못 쓰니까, 다른 무기 스킬은 취득해도
무의미하고, 전투가 가능할지는 운에 달렸지만."

카나데의 레벨이 올라서 이 스킬 없이도 싸울 수 있는 힘을

갖추었을 때, 이 스킬은 진가를 발휘한다.

새로운 전략을 창출하는 열쇠가 된다.

카나데는 매일 다른 스킬을 쓸 수 있다.

그것은 주무기가 되는 스킬을 마음대로 바꿀 수 있다는 소리고, PVP에서는 무시무시한 효과를 발휘하겠지. 상대에게 다음 수를 읽히기 어렵다는 것은 커다란 이점이라고 할 수 있다.

"보이기 시작한다!"

"좋아! 가자!"

도중에 레어 몬스터로 오해를 받아서 몇 번 마법이나 화살이 날아왔지만, 그때마다 메이플이 플레이어의 눈앞에 뛰어내려서 주의를 주는 것으로 처리했다.

공격이 멈춘 것은 메이플의 주의가 통해서가 아니라, 갑자기 내려온 메이플에게 놀랐기 때문이지만, 그런 건 메이플이 알 리가 없다.

"깊은 곳까지 갈 거니까 내 근처에 있어."

"알았어!"

두 사람은 광산 안으로 이어지는 동굴을 나아갔다.

달팽이 동굴처럼 아름다운 수정은 없지만, 곳곳에 광석이 노출되어 있어서 그걸 보는 대로 카나데가 곡괭이로 【채굴】했다.

"팍팍 가자!"

"응, 그러자!"

시럽은 반지 안으로 되돌렸기에 메이플이 지키는 대상은 카나데뿐이다.

골렘은 방패나【히드라】를 사용해 맹독을 쏠 것도 없이, 약한 독 공격으로 쓰러뜨릴 수 있었다.

골렘이 드롭하는 아이템도 꼬박꼬박 회수했다.

이 광산에는 여러 종류의 광석이 있지만, 희귀도가 높은 광석은 그리 나오지 않는다.

"철광석, 회결정, 돌멩이……."

카나데의 곡괭이 소리가 울렸다.

그때마다 광석이 들어왔지만, 특별한 것은 없었다.

두 사람은 갈림길을 따라 계속 안으로 들어가서, 가장 안쪽에 있는 채굴 포인트에서도 채굴을 끝냈다.

"뭐……. 질보다는 양이야, 양!"

메이플이 말했다.

"아니…… 아무리 그래도 그건 좀……."

카나데도 쉽사리 찬동할 수 없는 눈치였다.

광석이라면 양보다 질이겠지.

"아, 돌아가는 길은 어떻게 할까? ……적당히 걸어서 나갈 수 있을까?"

"길 정도라면 다 기억하고 있으니까 괜찮은데?"

"오오! 제법이네, 그럼…… 안내 부탁할게."

카나데는 갈림길이 많은 동굴 안을 막힘없이 걸어서, 두 사람은 한 번도 길을 잘못 드는 일 없이 밖으로 나왔다.

한편, 사리 일행은 숲에 있었다.

이쪽은 전투 메인으로 드롭 아이템을 모으고 있었다.

"사리도 장난 아니었군……."

크롬이 중얼거렸다.

크롬의 눈앞에서는 공격을 휙휙 피하는 사리가 있다. 나무처럼 생긴 몬스터는 사리의 발밑에서 뿌리를 뻗어 공격했고, 늑대 몬스터는 재빠른 움직임으로 덤벼들었다.

당장에라도 맞을 것처럼 아슬아슬한 회피로 보이지만, 결국 단 한 번도 맞지 않았다.

"오오……대단해……. 오라가."

그렇게 중얼거린 건 사리였다.

사리의 몸에서는 푸르스름한 오라가 나오고 있었다.

사리는 메이플을 위해 몬스터를 쓰러뜨리고 드롭 아이템을 팔아치워서 골드를 대량으로 준비한 바 있었다.

그때 레벨이 올라서 한 가지 스킬을 입수했다.

【검무(劍舞)】
공격을 회피할 때마다 STR이 1퍼센트 상승.
최대 100퍼센트.
대미지를 받으면 상승치가 사라진다.

취득 조건은 레벨 25 도달까지 노 대미지일 것이었다.

푸르스름한 오라는 이 스킬 때문에 나온 것이다.

사리를 상대할 경우 쓰러뜨리기 위해서는 공격해야만 하는데, 공격하면 할수록 불리해진다는 소리다.

"이래도 메이플을 뚫을 수는 없지만."

"음⋯⋯. 아니, 메이플의 VIT 수치는 어느 정도지?"

그 말을 들은 카스미가 문득 의문을 떠올리고 사리에게 물었다.

"메이플에게 물어보지? 아마 가르쳐 줄걸?"

그렇게 말하면서 사리는 크롬을 흘끗 보았다.

크롬의 전투는 한마디로 견실하다고 표현할 수 있겠지.

방패로 착실히 공격을 막고, 단도로 베어서 대미지를 준다.

방패 사용에 능해서 정확하게 공격을 튕겨냈다. 또한 포위당하지 않도록 상황을 확인하면서 움직였다.

"저게 일반적인 방패 유저야."

"그렇지⋯⋯."

메이플처럼 화려하진 않지만, 플레이어 스킬은 확실히 메이플보다 한 수 위였다.

메이플은 크롬처럼 공격을 방패로 받을 필요가 없기 때문에, 방패 사용에 능숙하지 않다.

방패보다 몸이 더 단단하다.

오히려 【악식】을 남기기 위해 방패를 내리는 경우가 많다.

【악식】은 닿은 것을 삼켜서 대미지를 주지만, 사용 횟수에 제한이 있기 때문이다.

"이 길드는 【보통】이 소수파니까……."

메이플, 사리, 카나데가 이상한 쪽.

카스미, 크롬이 보통인 쪽이다.

이즈는 생산만 놓고 보면 비정상에 한쪽 발을 담그고 있다.

크롬도 무사히 전투를 마쳐서 세 사람은 귀로에 올랐다.

"나도…… 이 길드에 있다 보면 보통이 아니게 될까?"

"나도 그렇게 될지도?"

"메이플에게 물들지도."

솔직히 기뻐해도 될지 미묘하다.

그리고 다음에는 각자가 가지고 온 소재를 써서 이즈가 힘을 발휘할 차례다.

두 팀은 마을 밖에서 합류하여 마을 안으로 들어갔다.

눈에 띄는 5인조였다.

메이플은 말할 나위도 없지만. 크롬과 카스미는 제1회 이벤트의 입상자고, 장비도 화려해서 눈길을 끈다.

사리를 본 몇몇 사람이 반사적으로 무기를 뽑으려고 했다.

카나데는 자기 지팡이인 루빅큐브를 고속으로 착착 맞췄다 풀었다를 거듭하면서 시간을 때우고 있었다.

마을 외곽으로 향하는 5인조를 뒤쫓는 사람이 있는 것도 어쩔 수 없는 일이리라.

2장 방어 특화와 퀘스트.

소재를 모은 다음 날, 메이플은 제2층의 마을을 혼자 돌아다니고 있었다.

다른 멤버들과는 시간대가 맞지 않았기 때문에 오늘은 단독 행동이다.

메이플은 제2회 이벤트에서 기회를 놓쳐서 아직 제2층 마을을 제대로 탐색하지 않았기 때문에, 혼자 있는 동안에 어느 정도 탐색하자고 마음먹었다.

"억지로 끌고 다니는 것도 미안하고."

게다가 메이플도 때로는 혼자서 느긋하게 탐색을 하고 싶었다.

첫 번째 목표는 사리가 쓸 장비를 찾는 것이다.

다음은 자신을 강화할 스킬이나 장비를 찾는 것이다. 메이플은 아직 머리 장비가 없으니까, 목표는 그쪽이다.

메이플은 눈에 띄는 NPC에게 차례차례 말을 걸었다.

다만 메이플의 스테이터스로는 발생하지 않는 이벤트도 있다.

VIT 이외의 수치가 조건이 되는 경우다.

일례를 들자면 사리의 【초가속】 등이 있고, 그 경우 열쇠가 되는 NPC에게 메이플이 말을 걸어도 이벤트로 이어지지 않는다. 메이플의 극단적인 스테이터스 때문에 대부분의 방패 유저가 수행할 이벤트도 그냥 넘어가는 경우가 생겼다.

"구석 동네도 가볼까."

중앙을 벗어나면 인적이 드물어진다.

눈에 띄는 집도 대부분은 【길드 홈】이라서 들어갈 수 없다.

뒷골목을 돌아다니면 들어갈 수 있는 집도 몇 개 있지만, 대부분이 빈집이다.

"오! 여기도 들어갈 수 있어."

메이플이 찰칵 소리와 함께 문을 열었다.

문을 열어보니 방은 하나뿐이고, 낡은 침대에 누운 소녀가 어머니인 듯한 여성에게 간병을 받고 있었다. 집 안에 있는 물건이라곤 작은 테이블과 의자가 두 개, 최소한의 식기가 놓인 찬장 정도. 도저히 유복하게 보이지 않는 실내 풍경이다. 침대에 누운 소녀는 괴로운 듯이 기침을 거듭했다.

"어머나? 손님? 미안해라."

"아, 아뇨."

"괜찮니? ……미안, 힘들지."

메이플은 여기 계속 있기도 그렇기에 얼른 나가려고 했지만, 마침 여성이 간병을 끝내고 메이플 쪽을 돌아보았다.

"저기……. 혹시 기사님이신가요?"

"예? 으음, 그, 글쎄요?"

메이플의 장비는 마법사나 검사라기보다는 기사라는 쪽이 좋을지도 모른다.

"기사님! 부탁드립니다! 딸을 구해 주세요! 사례로 드릴 것은 없지만…… 부탁드립니다, 제발…… 제발."

메이플의 눈앞에 파란 패널이 떠올랐다. 메이플이 그것을 확인하자, 거기에는 글자가 나와 있었다.

퀘스트【박애의 기사】

이 표시 밑에는 Yes, No라는 두 표시가 있었다.

메이플은 Yes를 눌렀다.

메이플로서는 도와달라는 말에 No를 누를 수 없었다.

보수가 없어도 상관없었다.

"가, 감사합니다! 딸의 약이 필요해서…… 저 혼자는 갈 수가 없어서…… 제가 안내할 테니까 데려가 주세요."

"……알았어! 지켜줄게!"

메이플이 가슴을 두드리며 그렇게 말하자, 여성이 메이플에게 가까이 다가왔다.

여성의 머리 위에는 HP 게이지가 나와 있었다. 허술하게 대응했다가는 돌이킬 수 없는 일이 생기겠지.

이때 파란 패널이 나타나 퀘스트를 자세히 설명해 주었다.

메이플은 그중 달성조건을 실수하지 않게 꼼꼼히 읽었다.

달성조건은 여성이 생존한 상태로 목적지에 도달하는 것이고, 시간제한은 없었다.

"아무튼 마을 밖까지 가면 될까?"

메이플이 마을 밖으로 나가자 여성이 말하기 시작했다.

"【생명의 나무】로 갈 거예요. 여기서 동쪽으로 쭉 가 주세요."

"알았어!"

메이플은 반지에서 시럽을 불러내고 【거대화】를 써서 평소처럼 등에 탔다. 걷는 것보다도 빠르기 때문에 메이플은 시럽에 타고 이동하는 일이 많았다.

여성은 메이플을 중심으로 반경 2미터 원 안에 있도록 설정되어 있기에, 메이플이 시럽의 등에 타자 시럽의 다리를 발판 삼아서 점프하여 위로 올라왔다.

"사실은 강한 거 아니야? 나보다 힘이…… 있는데?"

"동쪽으로 가 주세요."

"응, 그래…… 【사이코키네시스】!"

평소처럼 시럽을 띄우고 동쪽을 향해 둥실둥실 날아갔다.

"숲이 보이기 시작했네요. 입구가 있으니까 그쪽으로 들어가 주세요."

"이건 날아가면 안 되는 건가?"

메이플은 숲의 입구에서 시럽에서 내리고, 시럽을 쓰다듬어 준 뒤에 반지로 돌려보냈다.

"또 부탁할게."

곤란할 때는 부르겠다고 반지 안의 시럽에게 말한 뒤, 메이플은 주위를 확인하기 시작했다.

"자, 서두르죠!"

"응! 여기……면 되지?"

눈앞에는 가느다란 길이 이어지고 있었다.

여성도 이 길을 가리키고 있으니 틀림없겠지.

메이플은 길을 따라 계속 안으로 들어갔다.

【커버】 범위 안에 여성이 있기 때문에, 지키는 건 간단했다.

원래는 숲에 올 때까지 거듭 전투를 벌여야 하는데, 메이플은 특수한 수단으로 패스할 수 있었다. 물론 시럽을 말하는 것이다.

"【패럴라이즈 샤우트】!"

여성에게는 메이플의 공격이 효과를 발휘하지 않기 때문에, 메이플은 포위되어도 당황하지 않고 이 스킬을 발동하기만 하면 됐다.

"지금은 쓰러뜨리지 않아도 되거든."

다만 메이플은 보통 플레이어와 달리 움직임이 둔하다.

그만큼 습격당하는 횟수가 많아진다는 뜻이다.

여성의 안내를 따라서 숲의 중앙에 왔을 무렵에는 【악식】을 다 써버렸다.

"어어……. 수정방패로 바꿔야지."

메이플은 제2회 이벤트에서 입수한, 보라색으로 빛나는 수정으로 이루어진 방패인 【자수정 결정체】로 장비를 바꾸고 여성의 뒤를 따라갔다. 메이플은 이 방패라면 결정의 방벽을 만드는 【수정벽】 스킬로 여성을 지킬 수 있을지도 모른다고 생각한 것이다.

"저겁니다, 저게 【생명의 나무】입니다!"

여성이 달려간 나무는 주위 나무와 비교해서 절반 정도 크기에 불과했다.

"뭔가 생각했던 거랑 달라……."

메이플은 신비한 빛을 내는 거대한 나무를 상상했었다.

그런 메이플이 여성의 행동을 지켜보자, 여성이 메이플 쪽을 돌아보며 말을 걸어왔다.

"이 잎이 병에 잘 들어요."

여성은 가지에서 나뭇잎을 몇 장 따서 메이플에게 보여주었다.

"아하……. 그렇구나. 나도 따도 될까?"

메이플도 따 보려고 했지만, 눈에 보이지 않는 벽에 가로막

혀서 다가갈 수 없었다.

아무래도 플레이어는 입수할 수 없는, 이벤트 한정 아이템이었던 모양이다.

"이제 됐습니다."

"그럼 돌아가자! 돌아가는 길도 맡겨 줘!"

메이플은 시럽을 불러내 둥실둥실 띄우고 거대화시켰다.

숲속이기 때문에 공간이 없었던 것이다.

"시럽! 부탁해!"

평소처럼 물어서 태워달라고 하기에는 시럽의 위치가 너무 높았다.

메이플은 어떻게 할지 잠시 생각했지만, 곧 좋은 생각이 떠올랐다.

나무에 올라가는 게 아니다. 물론 점프하는 것도 아니다.

"【수정벽】!"

메이플이 소리치자 발밑에서 솟아난 보라색 결정이 메이플을 확 쳐올렸다.

물론 정상적인 사용법이 아니다.

"시럽!"

튀어 오른 메이플의 머리부터 몸까지 시럽이 덥썩 물었다.

주위에서 보면 완전 쇼킹한 광경이겠지.

아무리 봐도 하늘을 나는 거북이에게 잡아먹히는 장면으로만 보인다.

메이플은 그대로 등으로 휙 내던져져서 올라타게 됐다.

"아……. 저 사람은 어쩌지……?"

메이플이 아래에 있는 NPC를 보려고 했을 때, 그녀는 나무 위에서 도약하여 시렵의 다리에 올라탄 참이었다.

"에에에에엣?!"

"가요. 딸이 기다리고 있습니다."

"어, 어어, 그래."

메이플은 하늘을 날아갔다.

그때 문득 떠오른 사실을 중얼거렸다.

"이 사람은 혼자서도 올 수 있을 거야……."

메이플은 여성의 능력이면 충분히 숲속까지 갈 수 있으리라는 생각이 드는 것을 참을 수 없었다.

그렇게 날아서 숲을 빠져나갔을 때.

"하아……. 하아……. 지켜주셔서 감사합니다. 당신이 아니었으면 저는 죽을 뻔했습니다."

"어?! 가, 갑자기 왜 그래?!"

메이플은 딱히 아무것도 안 했다. 그냥 하늘을 날았을 뿐이다.

아니, 하늘을 나는 것 자체가 이상했다.

본래 돌아가는 길에 강력해진 몬스터를 상대로 공격력도 부족한 방패 유저는 실컷 고생해야 했다.

여성의 대사는 그 고생을 통과해야 간신히 들을 수 있는 말이었다.

이런 식으로 돌파하는 바람에 부자연스러운 대사가 된 것이다.

"기사님은…… 마음씨 착한 분이로군요."

"어……어어……. 왠지, 미안하네."

메이플은 왠지 모르게 미안한 기분이 들어서 사과했지만, 여성은 아무런 대답도 하지 않았다.

메이플은 이 분위기를 견딜 수 없어서 서둘러 마을로 돌아갔다.

"좋아! 도착했다!"

마을 앞에서, 메이플은 시럽에서 내려 반지로 돌려보냈다.

이제 이 여성의 집으로 가야 한다.

"감사합니다! 전 서둘러 가 보겠습니다!"

여성은 다급히 달려갔다.

메이플이 도저히 쫓아갈 수 없는 속도였다.

"……천천히 가자."

메이플이 가지 않으면 결국 이벤트는 발생하지 않으니까, 이벤트가 멋대로 끝나버리는 일은 없다. 다만 일반적인 방패 유저라면 같이 뛰어갈 수 있을 정도였다.

메이플은 한동안 걸어서 여성의 집에 도착했다.

문을 열자, 마침 여성이 소녀에게 그릇에 담긴 진한 녹색 액체를 먹이고 있었다.

메이플의 눈에는 딱 봐도 쓰게 보여서, 도저히 마시고 싶지 않았다.

그걸 마시는 소녀도 얼굴을 찌푸리고 있었다.

"……어때?"

"콜록, 콜럭……. 응…… 조금 편해졌어……. 콜록, 콜록."

"그래도 기침이 심하네……! 아아! 어쩌지!"

여성이 한탄했다.

그때 메이플의 앞에 파란 패널이 떠올랐다.

퀘스트【박애의 기사 2】

새로운 퀘스트가 발생했다.

당연히 메이플은 그것을 받았다.

"기사님! 또 도와주시는 건가요?"

"으, 응……. 가만히 놔둘 순 없어!"

지금도 콜록콜록 기침을 하는 소녀는 상태가 더 안 좋아진 것으로 보였다.

"그럼…… 【퇴마의 샘】에 데려가 주세요! 장소는 마을을 나가서 북서쪽입니다!"

"응, 알았어."

그렇게 말하는 여성은 또 먼저 마을 밖으로 향했다.

"응? ……스킬이 생겼네."

【박애의 기사】

스킬명은 스킬란에 확실히 추가됐지만 효과 설명이 없었다.

그저 스킬명만이 있었다.

"응? 효과가 없어? ……이벤트가 아직 안 끝나서 그런가?"

그럼 더더욱 여기서 포기할 수는 없어서 메이플은 마을 밖으로 향했다.

"북서쪽입니다!"

"오케이. 북서쪽이란 말이지."

메이플은 이미 당연하다는 듯이 하늘을 나는 시럽이라는 이동수단을 사용하여 북서쪽으로 향했다.

마을을 나서서 곧바로 시럽을 하늘로 띄웠으니까 목격한 플레이어는 많았다. 그중 대부분은 무슨 일인가 싶어서 놀라고, 소문으로 들은 이도 눈을 동그랗게 떴고, 이미 메이플은 원래 그런 거라고 생각하는 이는 따스하게 지켜보았다.

비일상과 자주 마주치면 그게 일상의 일부가 된다.

플레이어들이 '아, 오늘도 메이플이 날고 있네'라고 생각하게 되는 날도 머지않았을지 모른다.

"2로는 안 끝나겠지……. 3도 있을 거야……."
메이플이 중얼거렸다.
2라는 숫자로 끝나는 건 너무 어정쩡하기 때문에 그럴 리가
없다는 것이 메이플의 생각이었다.
퀘스트 내용도 지난번과 크게 다르지 않기 때문에, 메이플
은 이번에 끝날 리가 없다고 느꼈다. 그리고 전투를 피하면서
앞으로 어떻게 진행할지 생각하던 메이플은 중대한 사실을
깨달았다.
"아?! 【악식】이 회복되지 않았지!"
메이플은 시럽의 등 위에서 그걸 알아차렸다.
전투가 벌어졌으면 위험했을지도 모른다.
"으음……. 적이 셀 것 같으면 물러날 수밖에 없나……."
여성이 죽으면 의미가 없다.
메이플은 일단 샘 근처를 상공에서 탐색하여 확인한 뒤에 생
각하기로 하고, 일단 지시받은 방향으로 향했다.

메이플은 아래쪽에 보이는 샘을 관찰했다.
이번에는 여성이 아무 말도 없었기 때문에 그대로 샘 위까지

날아왔다.

울퉁불퉁 바위가 튀어나온 곳 안쪽에 그 샘이 있었다.

"일단 근처로 내려가자."

샘 근처에 시럽을 착륙시키고 반지로 돌려보낸 뒤, 여성과 함께 샘으로 향했다.

샘 주위에는 몬스터가 나오지 않는지, 아무 일 없이 샘에 도착할 수 있었다. 메이플은 뭐가 나올까 싶어서 주위를 경계했지만, 그러고 있는 사이에 여성은 샘물을 다 뜨고 메이플 쪽을 돌아보았다.

"기사님! 감사합니다!"

여성이 고개를 숙이자, 메이플은 난처한 표정을 했다.

"아니, 정말로 아무것도 안 했는데……."

"서둘러 돌아가죠!"

"어, 응. 그래."

메이플은 시럽에서 내린 장소로 돌아가서 다시금 시럽을 불러내고 하늘로 띄웠다.

"아, 아무것도 없어? 정말로?"

메이플은 결국 아무런 고생도 하지 않고 마을까지 돌아올 수 있었다.

무사히 마을까지 돌아오자, 마찬가지로 집까지 돌아간 여성은 소녀에게 샘에서 떠 온 물을 먹였다.

메이플은 그 광경을 가만히 지켜보았다.

"어때?"

"괘, 괜찮아……. 걱정 마……."

소녀는 그렇게 말했지만, 안색은 안 좋고 몸은 희미하게 떨리고 있었다.

도저히 괜찮아 보이지 않았다.

아직 클리어가 아닌지, 메이플의 앞에 다음 화면이 나타났다.

퀘스트【박애의 기사 3】

"그렇지. 그럴 줄 알았어."

메이플의 예상대로 다음 퀘스트가 발생했다.

메이플은 스킬【박애의 기사】를 확인해 보았지만, 스킬은 여전히 이름만 표시되는 상태였다.

메이플은 아까처럼 그 퀘스트를 받기로 했다.

"기사님! 감사합니다!"

"여기까지 왔으니 끝까지 맡겨 줘!"

"아득히 먼 곳에 매우 큰 마을이 있고, 그 주위에는 끼기만 해도 몸이 낫는 반지가 있다는 소문을 들은 적이 있습니다……. 불확실한 정보라서 죄송하지만, 그걸 가지고 와주실 수 있을까요?"

"큰…… 마을? 혹시 제1층의 마을?"

메이플이 이 게임을 시작할 때 제일 처음으로 방문한 마을.

메이플로서는 큰 마을이라고 하면 그곳밖에 떠오르지 않았다.

"그렇다면…… 그 반지가 혹시……."

메이플은 인벤토리에서 반지 하나를 꺼냈다.

메이플이 초기에 입수한 레어 드롭 아이템인【포레스트 퀸비의 반지】다.

"기사님! 가져와 주셨군요! 아아, 뭐라고 감사를 드려야 할지……."

"아……. 이, 이거 맞아? 정말?"

메이플은 최근에 장비하지 않은 반지를 여성에게 건넸다.

반지는 레어 드롭 아이템이지만, 두 번 다시 얻지 못할 물건은 아니다.

메이플은 지금 장비한 물건으로 충분하다고 생각하기도 했기에 반지를 주기로 했다.

"지금 끼워줄게……."

여성이 메이플에게 받은 반지를 소녀에게 끼웠다.

그와 동시에 메이플에게 퀘스트 클리어 알림이 떴으므로, 이게 정답이었음이 증명됐다.

반지를 끼자 소녀의 기침은 완전히 멎고 안색도 조금 좋아졌다. 메이플도 알 수 있을 만큼 소녀의 상태는 호전됐다.

"이제 괜찮을까?"

메이플은 안심한 것처럼 숨을 내쉬었다.

하지만 잠시 뒤에 소녀는 갑자기 얼굴을 찌푸리더니 여태까지 이상으로 괴로워하기 시작했다. 그걸 보고 메이플도 불안한 마음에 소녀에게 다가갔다.

"우, 으…… 컥."

"……괜찮아? ……괴로워?"

"큭……!"

소녀는 고통으로 인상을 쓰더니, 갑자기 침대에서 벌떡 일어나 문을 난폭하게 열고 밖으로 뛰쳐나갔다.

"아, 기다려!"

여성도 그 뒤를 쫓아갔다.

남겨진 메이플의 눈앞에 새로운 퀘스트 발생 알림이 떴다.

퀘스트【박애의 기사 4】

메이플은 당연히 그것을 받았다.

"아무튼…… 마을 밖으로 가야 해!"

메이플은 최대한 서둘러 마을 밖으로 향했다.

"찾았다!"

마을 밖으로 나가자 주저앉은 여성의 모습이 눈에 들어왔다.

메이플이 다가가자 여성은 말하기 시작했다.

"우으…… 기사님……! 딸이…….."

"어디로 간 거야? 무사해?!"

"딸이 【어둠의 신전】으로 간다고…… 거기는 위험한 곳인데……!"

"……내가 데려올게!"

"안내할게요……! 딸을 내버려 둘 수 없으니까……."

메이플로서는 지킬 수 있을지 어떨지 모르기 때문에 혼자 가고 싶었지만, 두고 갈 수도 없는 듯해서 어쩔 수 없이 데려가기로 했다.

메이플은 시럽을 타고 여성의 안내에 따라 샘을 넘어 더 북서쪽으로 갔다.

거기는 군데군데 허물어진 낡은 신전이 있었다. 틀림없이 이게 【어둠의 신전】이겠다 싶어서 메이플은 경계했다.

메이플은 주위를 확인하면서 시럽을 반지로 돌려보내고 신전 안으로 들어갔다.

벽과 천장으로 둘러싸인 큰 방이 달랑 하나 있는 간소한 구조, 그 안쪽에 소녀가 쓰러져 있었다.

여성이 달려가려고 했지만, 그 전에 소녀의 몸에서 칠흑의 안개가 나왔다.

그건 순식간에 인간 크기가 되더니 그대로 굳어서 이목구비 같은 것이 없는 얼굴에 날카롭고 큰 발톱을 가진 괴물이 됐다.

괴물은 그대로 소녀의 몸에서 빠져나와서 여성에게 덤벼들었다.

"【커버 무브】! 【커버】!"

여성에게 【커버 무브】나 【커버】를 쓸 수 있는지는 첫 번째 퀘스트에서 확인해 두었다.

메이플은 양자 사이를 파고들어 공격을 방패로 막는다.

"……! 【악식】이……!"

메이플은 퀘스트를 후다닥 진행한 탓에 【악식】이 회복되지 않은 것을 잊고 있었다.

공격이 막힌 것을 확인한 괴물은 메이플과 거리를 벌렸다.

"【히드라】를 어떻게 쓸지 생각해야겠네……."

"끄그……가가가가."

"……저건 좋지 않은 것이야."

메이플은 입이 없는데도 기분 나쁜 소리를 내는 인간형의 괴물을 몬스터로 간주했다.

"기기기……!"

"【커버】!"

달려드는 움직임은 단조로워서 메이플의 기술로도 확실히 막을 수 있었다.

다만 메이플은 공격 수단이 한정되어 있다. 놓칠 수는 없기 때문에 신중하게 타이밍을 쟀다.

그래서 당연히 전투가 길어졌다.

그렇게 한동안 메이플이 버티고 있자, 괴물이 갑자기 머리를 붙잡고 몸을 웅크리더니 소리를 지르기 시작했다.

"그가아아아아아아아아아!!"

이목구비가 없기 때문에 표정은 존재하지 않지만, 고통에 괴로워하는 듯했다.

괴물의 팔이 변하고 발톱이 하나로 모여서 창처럼 뾰족해졌다.

"큭! 【커버】."

괴물의 공격으로부터 여성을 지키기 위해 순간적으로 감쌌지만, 뾰족한 두 팔의 공격은 생긴 모습 그대로 방어력 관통공격이었다.

"끄으……으!"

메이플의 기술로는 두 팔의 공격을 방패로 튕겨내는 건 불가능했다.

메이플의 HP가 쭉쭉 깎였지만, 메이플은 【커버】를 멈출 수 없었다.

여성이 맞으면 멀쩡할 리 없다는 게 명백했기 때문이다.

메이플이 몇 번 더 공격을 정통으로 맞고선 괴로운 듯이 방패로 몸을 가렸다.

"그가아아아아아! 가가……그가……."

"어……?"

고통에 얼굴을 찌푸리는 메이플을 일심불란하게 공격하던 괴물이 갑자기 공격을 멈추더니 메이플에게서 거리를 벌렸다. 메이플은 다급히 포션을 꺼내면서 계속 경계했다.

"그기……그그……."

머리를 싸쥐고 지면에 무릎 꿇은 괴물은 차츰 헐떡이다가 마침내 사라졌다.

"사, 살았나……?"

메이플의 HP 게이지는 20퍼센트 정도밖에 안 남은 상태였다. 일발역전의 카운터를 노리고 있었지만, 그대로 가다간 위험했겠지.

"분명…… 【퇴마의 성수】가 효과를 발휘한 거예요."

뒤에 있던 여성이 메이플에게 말했다.

"그건…… 아까 샘에서 뜬……?"

"딸에게는…… 악마가 들러붙은 걸지도 모릅니다."

여성의 말처럼 메이플이 공격도 하지 않았는데 쓰러진 것은 【박애의 기사 2】를 무사히 클리어했기 때문이다.

그 퀘스트는 한 번이라도 여성 혹은 플레이어가 사망하지 않고 돌아올 수 있으면 성공으로 처리되고, 한 번 사망하면 실패가 된다.

다만 어느 쪽이든 퀘스트는 다음 단계로 넘어간다.

하지만 샘물 관련 퀘스트를 클리어하지 않고 방패 유저가 괴물과 싸워 이기기란 어렵다.

"아…… 퀘스트 클리어다……."

어떻게 해야 하나 생각하는데 클리어 표시가 나와서 메이플은 의외라는 표정을 보였다.

지금 퀘스트를 클리어했지만 새로운 퀘스트가 발생하지 않는다.

스킬도 그대로였다.

"딸에게 가요!"

"어, 응. 그래!"

메이플과 여성이 소녀에게 달려가서 상태를 확인했다.

소녀는 죽은 듯이 잠들어 있었다. 깨우려고 흔들어도 전혀 반응이 없었다.

"일단…… 집으로 데려가겠습니다."

그렇게 말하며 여성이 소녀를 업고 신전에서 나갔다.

그와 동시에 메이플의 앞에 파란 패널이 나타났다.

퀘스트 【박애의 기사 5】 발생. 또한 엑스트라 퀘스트 【헌신의 자애】가 발생했습니다.

루트를 하나 선택해 주세요.

"으응?"

예상 밖의 사태에 메이플은 고개를 갸웃거렸다.

◆ ▢ ◆ ▢ ◆ ▢ ◆ ▢ ◆

메이플이 퀘스트를 클리어했을 무렵. 운영진은 평소대로 업무를 처리하고 있었다.

그런 때 어느 모니터를 들여다보던 이가 말했다.

"【헌신의 자애】퀘스트가 발생했습니다!"

"오, 제법이네. 그건 어머니에게 거의 대미지가 안 들어가야 발생하는 건데, 대체 누가……."

거기까지 말하다가 어떤 사실을 깨달았는지 남자는 이마에 손을 짚으며 얼굴을 찌푸렸다.

"예, 메이플입니다……. 하늘을 날아서 갔습니다."

메이플이라고 확인한 남자가 그렇게 보고하자, 보고를 받은 사람은 크게 한숨을 내쉬었다. 스테이지가 어떻게 구성됐는지 떠올린 것이다.

"……뭐, 그렇지. 아무튼 이건 어쩔 수 없어. 아직은 괜찮아. 문제없을 거야."

"우선은 3층이로군요."

"그래, 하늘을 생각해. 【헌신의 자애】루트를 탄다면 메이플 치곤 그나마 예상하기 쉽군!"

"【요새】가 【거대요새】가 되는 정도로군요."

"음, 그래! 문제 있나?"

"아뇨, 괜찮습니다!"

"그렇지."

"예."

""하하하…….""

두 사람은 얼굴을 마주 보며 허탈한 웃음을 흘렸다. 그리고 차츰 그 웃음소리가 작아졌다.

"큰일이잖아!"

"그렇죠! 어떻게 할까요!"

그리고 이미 많은 플레이어에게 인식된 저 부유요새를 어떻게 할지 골머리를 앓기 시작했다.

메이플은 엑스트라 퀘스트 루트를 고른 뒤 신전을 나가서 여성의 모습을 찾았다.

하지만 여성은 어디서도 보이지 않았다.

"먼저 집에 갔나……?"

한동안 신전 주위를 탐색한 뒤에 메이플도 시럽을 타고 마을로 돌아갔다.

마을에 도착한 메이플은 제일 먼저 여성의 집으로 향했다.

"······어떻게 된 거지?"

메이플이 문을 열고 여성의 집으로 조용히 들어갔다.

소녀는 잠든 것처럼 보였다.

여태껏 괴로워하던 표정은 사라지고, 평화로운 얼굴이다.

"기사님······ 딸이······ 딸이 깨어나지를 않습니다······."

여성은 눈앞의 일이 믿기지 않는다는 듯이 떨리는 목소리로
말했다.

메이플이 소녀에게 다가가서 상태를 살피자, 소녀는 숨을
쉬고 있지 않았다.

"어······. 뭐, 뭐지? 어라라?"

"저는······ 딸을 위해 사과를 사 오겠습니다······. 딸은 사과
를 좋아하니까······."

여성은 그렇게 말하고 비틀거리는 발걸음으로 밖으로 나갔
다.

현실을 받아들이지 못하는 기색이라서, 도저히 정상적인 상
태로 보이지 않았다.

"어······어어?! 퀘, 퀘스트는 진행됐지?!"

메이플은 현재 받은 퀘스트를 확인했지만, 잠시 뒤 소녀의
몸이 희미하게 빛나기 시작한 것을 깨달았다.

메이플이 소녀에게 다가가서 옆에 섰다.

무슨 일이 일어난 건지 관찰하던 메이플은 어떤 사실을 깨달
았다.

"빛이…… 글자로?"

소녀에게서 흘러나온 노란 빛은 공중에 글자를 만들었다.

"사흘 뒤…… 【황폐한 교회】?"

메이플이 그 글자를 다 읽은 뒤, 소녀에게서 나오던 빛은 흐려져서 사라졌다.

"거기에 가면 되는 건가……? 하지만 어디지……. 이 마을에는 그런 교회가 없었는데. 밖인가? 도서관이 있었고…… 거기서 조사해 볼까?"

돌아온 여성과 엇갈리듯이 메이플은 밖으로 나갔다.

메이플은 예정대로 도서관을 찾아왔다.

"어디 보자……. 지도 같은 게 있겠지?"

메이플은 제2층의 지도가 있는 책을 찾았다. 스테이터스 등을 확인하는 패널에도 지도는 있지만, 어느 정도의 지형과 현재 위치, 이름이 붙은 특수한 구역의 일부가 실려 있을 뿐이라서 그중에서 【황폐한 교회】는 없었다.

책들을 뒤져보긴 했지만 자세히 기록된 것은 없었다.

기껏해야 지형을 알아낸 정도였다.

"으음……. 생각한 거랑 달라……."

메이플에게는 아직 시간이 있기 때문에 오늘은 게임을 이만 하기로 하고 조사를 중단했다.

다음 날.

메이플은 조사를 마치고 도서관에서 나왔다.

"역사 서가에 있었나……. 미처 생각하지 못했어……."

메이플은 이 게임 내 역사를 기록한 책에서 작은 교회에 관한 기록을 발견했다.

"어어, 오늘부터 이틀 뒤! 좋아…… 무슨 일이 있을지 모르니까 포션도 많이 사 가야지."

그리고 준비를 마친 메이플은 당일 잊지 않고 교회로 갔다. 오늘도 시럽을 타고 하늘을 둥실둥실 나는 상태였다.

"시럽 덕분에 쾌적해!"

시럽을 칭찬하면서 남쪽으로 향한다.

남쪽에 펼쳐진 숲 입구에서 시럽에서 내린 뒤 숲속으로 들어갔다.

"수호자가 없으면 여유야."

때때로 나타나는 몬스터가 갑옷에 부딪쳐 챙챙 소리를 냈다.

그것들은 메이플에게 대미지를 줄 수 없었다.

메이플에게는 없는 거나 마찬가지였다.

다만 메이플은 시럽을 쓰지 않으면 믿을 수 없을 만큼 이동 속도가 느리기 때문에 숲의 입구에서 교회에 이르기까지 두 시간 정도 걸렸다.

"하아……. 최근에는 별로 안 걸었으니까……."

쾌적함의 차이에 지친 메이플은 종종 걸어서 탐색하기로 마음먹을 정도였다.

그런 메이플도 드디어 낡은 교회에 도착했다.

"좋아, 들어가자!"

문은 이미 없어진 상태였고, 안쪽도 덩굴이나 초목이 침식했다.

메이플은 긴 의자가 쭉 놓인 성당의 중앙을 걸어갔다.

정면의 벽에는 기울어진 커다란 십자가가 있는데, 낡았음에도 존재감을 내뿜고 있었다.

메이플은 그 바로 밑의 바닥에 반짝반짝 빛나는 뭔가가 떨어진 것을 깨달았다.

"이거……?"

빛의 정체는 빛나는 기체가 든 작은 병이었다.

메이플은 그 병의 정보를 보았다.

【대천사의 조각】

"왜, 왠지 대단할 것 같아……."

메이플은 그것을 소중히 인벤토리에 넣고는 달리 뭐 없는지 꼼꼼하게 확인하고 최대한 서둘러 소녀에게 돌아갔다.

메이플이 살며시 문을 열고 여성의 집 안으로 들어가자, 어머니가 반응하여 말을 걸어왔다.

"기사님…… 무슨 일로 오셨나요?"

"조금 시험해 보고 싶은 게 있어서요."

메이플은 잠든 소녀의 옆에 서서 인벤토리에서 작은 병을 꺼내어 마개를 열었다.

그 순간 소녀의 몸이 눈부시게 빛나기 시작했다.

"우왓?!"

"기사님! 왜 그러시나요?!"

어머니는 놀라는 메이플을 보고 무슨 일이 있었는지 허둥대는 모습을 보였다.

"어, 아, 안 보여?!"

소녀에게서 나오는 광채는 이전에 글자를 만들었을 때와 마찬가지로 이번에는 아름다운 여성의 모습을 만들었다.

메이플이 가만히 바라보자, 그 여성이 말하기 시작했다.

"고맙습니다, 이 아이의 목숨을 빼앗을 뻔했습니다."

"하, 하아……. 그, 그랬나요."

"당신에게는 제 힘의 일부를……. 이걸로 저도 돌아갈 수 있습니다……."

그 말을 마지막으로 빛은 하늘로 올라가서 사라졌다.

그와 동시에 소녀가 벌떡 일어났다.

"어라…… 엄마……?"

"아, 아…… 아아!"

여성이 소녀를 끌어안았다.

소녀는 상황을 이해하지 못하는 듯했다.

"하나 해결……한 걸까?"

메이플로서는 잘 이해되지 않는 결말이었지만, 퀘스트 클리어 표시가 나왔기 때문에 납득했다.

메이플은 가만히 밖으로 나가서 입수한 스킬을 확인했다.

"【헌신의 자애】……. 우와…… 뭐야, 이거?"

메이플이 스킬 내용을 확인하면서 중얼거렸다.

그리고 뭔가 떠올린 것처럼 길드 홈을 향해 달려갔다.

"이즈 씨!"

"……왜 그래? 그렇게 서둘러서?"

"장비를 한 세트 만들어 주셨으면 하는데요…… 될까요?"

"뭐…… 안 될 거야 없지만, 어떤 장비를 바라는지 묻고 싶은데……. 무슨 일 있었던 것 아냐?"

"……저도 잘 모르겠는데, 잠깐 같이 좀 가 주시겠어요?"

"진짜로…… 무슨 일이 있었니……?"

메이플은 이즈를 데리고 필드로 가서 새로운 스킬을 사용했다.

그날로부터 닷새 동안.

이즈는 로그인 내내 공방에서 장비에 대해 생각하고 납득이
갈 때까지 시작품을 만들었다.

"아냐……. 【그것】에 맞는 장비는 이런 게 아냐……!"

그런 이즈의 목소리가 공방에 울렸다.

◆ □ ◆ □ ◆ □ ◆ □ ◆

메이플이 이즈에게 장비 세트를 부탁하고 닷새가 지났다.

메이플이 로그인하여 길드 홈에 나타난 동시에 이즈가 공방
에서 나왔다.

"메이플의 장비…… 완성했어."

"정말인가요!"

"그래, 지금 보여줄게."

그렇게 말하며 이즈가 인벤토리에서 꺼낸 것은 새하얀 전신
갑옷에 방패, 단도. 그리고 백은 티아라였다.

모든 장비에 파란 보석이 악센트로 몇 군데 박혀 있었다.

티아라를 제외하면 성기사라는 이미지다.

"정말로 기사님이 됐네?"

메이플은 그것을 장비하고 장비의 능력을 확인했다.

```
대천사의 티아라 X
【HP +250】

대천사의 하얀 방패 IX
【HP +300】

대천사의 성스러운 칼 VIII
【HP +200】

대천사의 성스러운 갑옷 IX
【HP +350】
```

"이 X 라든가 IX 같은 수치는 뭐죠……?"

메이플이 중얼거렸다.

"그건【대장】스킬로 생산한 장비에만 가능한【강화】수치야.【대장】으로 생산한 장비는 이벤트 장비와 달리 스킬을 달수 없으니까, 그걸 대신하는 이점이야."

"그렇구나……."

"【강화】성공률은【대장】스킬의 레벨로 변하지만…… 최대치인 X 에 도달하려면 운이 꽤 필요해. 소재와 돈은 다음에줘. 강해진다면 할 수 있는 일도 늘어날 테고."

"네! 그래도 금방 준비할게요!"

메이플은 기쁜 듯이 말했다.

이즈는 거의 타협 없이 최고급 장비를 만들어 주었다.

그 뒤에 '크롬에게 만들어준 장비보다 두 단계는 셀걸.' 이라고 중얼거렸지만, 자기 장비를 확인하느라 정신이 팔린 메이플의 귀에는 들리지 않았다.

메이플이 장비를 확인하는 동안, 나머지 길드 멤버 네 사람도 길드 홈에 들어왔다.

"응? ……오오! 그게 이즈가 만든 장비인가. 좋네, 잘 어울려. 나도 새로운 장비가 좀 필요한데……."

"메이플이 장비를 필요로 하다니, 무슨 일이 있었는지 묻기 무서워……."

"음, 그렇군……. 여태까지의 장비로도 부족한 거겠지?"

"메이플, 흰색도 잘 어울려!"

크롬, 사리, 카스미, 카나데가 저마다 말했다.

"그럼…… 내가 장비를 만들어달라고 한 이유를 설명할 겸해서 전투하러 가 볼래?"

그걸로 이유를 알 수 있다면 충분하다 싶어서 전원이 승낙했다.

이즈도 그 장비로 【그것】을 보고 싶다며 따라가기로 했다.

"이 근처면 될까?"

메이플은 시럽에 전원을 태우고 날아가서, 몬스터가 떼로 발생하는 일이 많은 지대에 내렸다.

"그럼…… 간다! 【헌신의 자애】!"

메이플의 몸에서 빨간 대미지 이펙트가 발생했다.

그것이 사라지는 동시에 메이플을 중심으로 반경 10미터 범위의 지면이 희미하게 빛났다.

그것뿐만이 아니었다.

메이플의 등에서는 두 개의 새하얀 날개가 생겨나고, 머리 위에는 하얗게 빛나는 고리가 떠올랐다.

그 머리칼은 아름다운 금색으로 변하고, 눈동자는 진청색이 됐다.

““““어……?””””

“나도 처음에는 그렇게 반응했어.”

“아하하……. 외모가 변하거든……. 아, 몬스터 온다.”

네 명은 순간 생각이 멈출 뻔했지만, 메이플이라면 무슨 일이든 있을 수 있다고 생각하기로 했다.

꽤나 메이플에게 익숙해졌다고 할 수 있다.

“다들! 공격을 맞아도 괜찮아!”

“내가 맞아보지……. 다들 아직 모를 테고…….”

이즈가 몬스터 앞으로 나서서 그 공격을 몸으로 맞았다.

하지만 이즈의 HP 게이즈는 전혀 움직이지 않았다.

“어? 어떻게 된 거야?”

“메이플의 스킬이야……. 이 빛나는 구역 안에 있는 파티 멤버 전원에게 항상 【커버】가 발동……하는 모양이야.”

"처음에 HP 일정량이 줄어들지만."

【헌신의 자애】는 【히드라】와 마찬가지로 여러 스킬이 내포
된 스킬이다.

그중 지금 사용한 것은 범위 안의 아군에게 항상 【커버】가
발동하는 효과가 있다. 즉, 【단풍나무】의 누군가를 쓰러뜨리
려면 일단 메이플을 쓰러뜨려야 한다는 소리다.

그리고 【히드라】가 【패럴라이즈 샤우트】를 가지고 있듯이
【헌신의 자애】에는 아직 보여주지 않은 힘이 있다.

다만 그 모든 것이 HP를 대가로 치러서 발동하는 것이다.

메이플의 예전 장비는 그 스킬을 전부 운용할 만한 HP가 없
었다. 그래서 이즈에게 새 장비를 부탁한 것이다.

사실 이 【헌신의 자애】는 【박애의 기사】의 완전 상위호환이
다.

괜히 엑스트라 퀘스트가 아니다.

"……즉, 전원이 메이플과 같은 방어력이 되는 거란 소
리……인가, 으아아……."

이 구역에 있는 한, 메이플을 쓰러뜨리지 않으면 다른 멤버
를 쓰러뜨릴 수 없다.

하지만 메이플을 쓰러뜨린다는 게 보통 어려운 게 아니다.

전원에게 관통공격을 날리지 않으면 애초에 불가능하다.

게다가 누군가에게 확실히 명중부터 시키고 봐야 한다.

사리가 맞을 리가 없고, 크롬도 방패로 튕겨내겠고, 카스미도 회피력이 있다.

전투원이라면 카나데 정도나 명중시킬 수 있겠다.

"하지만 메이플은 장비를 바꿨잖아? 우리에게 들어오는 공격을 무효화할 정도의 방어력은 없지……않아?"

"괜찮아! 아무것도 장비하지 않아도 VIT는 1000을 넘으니까!"

""하하하…… 1000?""

카스미와 크롬은 이제 웃음만 나올 정도로 터무니없다고 생각했다.

두 사람은 아예 생각하기를 포기했다.

시럽을 타고 돌아가는 도중에 크롬이 말하기 시작했다.

"나는 게시판에서 메이플과 사리 이야기를 하곤 하는데, 그만두는 게 나을까?"

"으음……. 나는 괜찮아. 크롬 씨에게 가르쳐 준 건 알려져도 좋고."

"저도 사리랑 같아요. 어차피……."

""알려져 봤자 변할 건 없으니까.""

크롬이 지금 안 것을 게시판에 적는다고 해도, 사리의 회피

력이 떨어지는 것도 아니고 메이플의 방어력이 떨어지는 것
도 아니다.

크롬은 스킬 취득 방법을 모르기 때문에 제일 중요한 부분을
말할 수 없다.

두 사람에게는 큰 문제가 아니었다.

——————————————————————————

126이름 : 무명의 방패 유저
여어

127이름 : 무명의 창 유저
여어
메이플의 길드에 들어가다니……
밉다! 부럽다!

128이름 : 무명의 대검 유저
좋겠다
사리랑 접촉해달라고 부탁하긴 했지만 그 이상이라니

129이름 : 무명의 활 유저
정보를 내놔
뭐든지 있을 거 아냐

하지만 말하면 안 되는 것까지 요구하진 않아

130이름 : 무명의 창 유저
한패가 됐으니 정보를 말하기 어렵겠지
가능한 데까지만 부탁해

131이름 : 무명의 마법 유저
부탁한다

132이름 : 무명의 방패 유저
알았어
일단 사리에 대해서
사리는 소문으로 들은 것처럼 회피력이 엄청나
실제로 본 바로는 스킬을 쓰는 건 아니라고 생각해
뭔가 있을지도 모르지만
몬스터랑 꽤 전투를 했는데 대미지를 입는 걸 못 봤어
그리고 무슨 오라가 추가됐던데

133이름 : 무명의 활 유저
역시 이벤트의 그건 사리였겠지
그 제2회 이벤트에서 파란색 옷에 회피 엄청난 그 녀석

134이름 : 무명의 대검 유저
거기서 또 진화했다니
오라라고?

135이름 : 무명의 창 유저
흠
사리도 정체불명의 스킬을 가졌을 만하군
메이플 정도는 아니지만

136이름 : 무명의 방패 유저
다음은 메이플 말인데
요 며칠 동안 메이플은 혼자서 어딜 나갔어

돌아온 메이플은

137이름 : 무명의 대검 유저
거 뜸 들이지 좀 마라

138이름 : 무명의 창 유저
얼른 말해

139이름 : 무명의 마법 유저

뭔데, 뭐가 있었는데?

140이름 : 무명의 방패 유저
천사였다

141이름 : 무명의 활 유저
메이플이 천사인 건 알고 있어

142이름 : 무명의 마법 유저
이제 와서 뭔 소리냐

143이름 : 무명의 대검 유저
메이플은 언제든 천사잖아?

144이름 : 무명의 창 유저
당연하지

145이름 : 무명의 방패 유저
어어, 뭐 그렇긴 한데
정정할게

메이플은 천사의 고리와 날개를 출현시키고 금발벽안이 되

는 스킬을 입수해서 돌아왔다

146이름 : 무명의 창 유저
뭐?

147이름 : 무명의 마법 유저
눈을 뗀 사이에 금방 그렇게 되네

148이름 : 무명의 대검 유저
왜? 어디에 그런 스킬이 있어?

149이름 : 무명의 방패 유저
나도 몰라

스킬명은 【헌신의 자애】
범위 안의 파티 멤버를 항상 【커버】하는 스킬인가 봐
메이플이 이걸 쓰면

범위 안의 파티 멤버는 거의 불사신 상태가 된다

150이름 : 무명의 대검 유저
드디어 제2형태를 손에 넣었나

그냥 끝판왕 해도 되는 거 아냐?

151이름 : 무명의 창 유저
지옥도란 말로도 모자라는데

눈을 떼면 말이지
분명 그거야
제3형태를 입수해서 돌아올 거야
분명히

152이름 : 무명의 방패 유저
게다가 메이플은 장비를 죄다 벗어도 VIT가 1000을 넘는다
는 게 판명됐다

153이름 : 무명의 활 유저
그건 또 뭔 소리여

154이름 : 무명의 창 유저
장비 없이 1000은 말이 안 되지
몸이 강철로 되어 있어?
오리할콘이냐?

155이름 : 무명의 대검 유저

하지만 메이플도 시작하고 별로 안 됐잖아

메이플의 소문이 돌기 시작한 건 2층에도 들어가지 않았을
때였고

이거 1층에 뭔가가 있네

156이름 : 무명의 방패 유저

나도 그 생각은 했는데

그럼 제2, 제3의 메이플이 나타날 법하단 말이야

157이름 : 무명의 마법 유저

바로 그거야

메이플에게만 가능한 이유를 모르겠어

————————————————————————————————

이 뒤에도 다 함께 생각했지만, 메이플의 스킬 취득 방법을
알아낼 수는 없었다.

3장 방어 특화와 도움.

　메이플이 천사의 모습과 압도적인 힘을 길드 멤버에게 보여준 다음 날.

　길드 홈 입구 바로 앞에 있는 방에서 크롬과 이즈가 이야기하고 있었다.

　"정말로 메이플은 계속 강해지는군."

　"그래. 보고 있으면 질리질 않아."

　"다만…… 그게 말이지……."

　"응?"

　"난 메이플의 열화판이야?!"

　"……뭐, 그렇지."

　크롬은 화력, 방어력, 양쪽 모두 메이플 이하인 게 사실이다.

　딱 하나 앞서는 게 있다면 플레이어 스킬 정도다.

　"나는 이 길드에서 존재의의를 획득해야만 해……!"

　"뭐, 그렇게 생각하는 것도 지당하겠지."

　두 사람이 이야기하는 동안에 길드 홈의 문을 열고 메이플이 들어왔다.

"호랑이도 제 말 하면 온다고."

"제 이야기 했나요?"

"응, 조금."

"나도 메이플처럼 강력한 스킬을 익히고 싶어서 말이야."

크롬이 메이플과는 다른 스킬을 익히고 싶다고 덧붙이자, 메이플은 웃으며 응원했다.

크롬이 메이플에게 강력한 스킬을 익히는 요령을 물었지만, 메이플은 적당히 탐색했더니 입수하는 일이 많다고 대답했기 때문에 별로 도움이 되지 않았다.

"으음……. 오늘은 돕기 좀 그렇지만…… 그렇지! 시럽을 빌려드릴게요! 조금이라도 힘이 된다면…….."

메이플은 그렇게 말하고 파란 패널을 조작해서 반지를 빼더니 인벤토리에서 꺼내어 크롬에게 넘겼다.

"아니…… 괜찮겠어? 소중한 장비잖아. 내가 안 돌려주면 어쩌려고?"

"그럴 건가요?"

"아니, 그런 짓 안 하겠지만."

크롬이 강하게 부정했다.

크롬은 그런 짓을 할 생각이 전혀 없었다.

"그럼 괜찮아요!"

메이플은 활짝 웃으며 그렇게 말했다.

크롬은 메이플에게 길드 멤버라도 중요한 것을 함부로 주지 않는 편이 좋다고 거듭 말했다.

하지만 메이플이 어떻게든 크롬을 돕고 싶다고 말했기에 이 자리를 수습하기 위해 반지를 받고 길드 홈을 나섰다.

필드를 걸으면서 크롬은 아까 메이플이 한 말을 생각했다.

"나중에 사리한테도 좀 주의를 주라고 해야지……."

크롬으로서는 이렇게 신용을 얻은 것이 기쁘긴 하지만, 조금 지나친 게 아닐까 싶었다.

"……못된 녀석에게 걸리지 않도록 해야겠어."

메이플은 게임을 즐기고 있지만, 경험은 아직 부족하다.

메이플이 모르는 재미있는 일도, 슬픈 일도 아직 많다.

못된 플레이어가 있는 것도 실감하지 못했다.

메이플의 경험 부족을 파고드는 플레이어를 쫓아내는 것은, 메이플은 못 하고 크롬이 할 수 있는 몇 안 되는 일이었다.

"게임을 즐겁게 했으면 좋겠고."

크롬은 필드 서쪽으로 계속 걸었다.

"뭐, 빌렸으니까 고맙게 써 보자. 메이플에게도 미안하고."

크롬은 시럽을 불러내고는 거대화시키지 않고 그대로 함께 걸었다.

메이플과 달리 하늘로 띄울 수 없기 때문에, 거대화로 덩치를 키울 필요가 별로 없다고 느꼈기 때문이다.

"오……. 또 몬스터인가."

크롬은 단도를 뽑고 방패를 들었다.

나타난 몬스터는 멧돼지 형태가 세 마리였다.

그에 비해 크롬의 방패는 하나다.

당연히 동시에 공격을 받으면 공격을 몸으로 받게 된다.

"큭…… 메이플이라면 노 대미지일 텐데!"

돌격해온 몬스터를 베면서 백스텝으로 피했다.

빨간 이펙트기 뒤었다.

멧돼지의 추격도 방패로 튕겨냈다.

"【찌르기】!"

크롬은 스킬을 발동하여 날카로운 찌르기를 날렸다.

단도는 방패에 튕겨난 몬스터에게 적중해서 그 HP를 빼앗았다.

또한 이러는 사이에 크롬의 HP 게이지는 서서히 회복됐다.

공격 수단이 부족한 방패를 장비했으면서도 크롬이 제1회 이벤트에서 9위에 오른 것은 우연이 아니다.

크롬도 보통 플레이어에게 없는 스킬을 하나 가지고 있다.

【배틀 힐링】
전투 중 10초마다 HP를 1퍼센트 회복한다.

이 스킬과 높은 방어력으로 끈질기게 싸워서 크롬은 9위가 됐다.

메이플을 기준으로 삼으면 크롬은 약하게 보이지만, 일반적인 플레이어를 기준으로 삼으면 크롬도 강자다.

제1회 이벤트의 10위권 이내의 플레이어는 다들 뭔가 강력한 스킬을 가지고 있다.

메이플의 스킬이 그중에서도 각별히 뛰어나기 때문에 눈에 띄는 것이다.

크롬은 시럽에게도 공격을 시켜서 경험치를 나눠주고 다시 서쪽으로 나아갔다.

크롬은 서쪽 황야에 도달했다.

"이 근처는 아직 탐색하지 않았으니까 여기부터 갈까."

크롬이 황야 탐색을 계속하다가 오래된 작은 무덤을 발견했다.

특수한 것이 튀어나오면 어느 플레이어도 그걸 조사하겠지.

크롬도 예외는 아니었다.

그리고 무덤에 다가간 크롬은 무덤 한 걸음 앞에서 갑자기 지면이 사라지는 사태에 대응하지 못하고 지하로 떨어졌다.

지하에서 크롬이 일어났다.

눈앞에는 안쪽으로 이어지는 구멍이 보였다.

"뭐야……? 비밀 던전인가?"

크롬이 주위를 둘러보자, 시럽도 잘 따라오고 있었다.

"정말이지…… 메이플은 뭔가 씐 거 아냐?"

크롬은 메이플이 얽히면 이상한 일이 일어나는 기분이 들었다.

다만 실제로 여기에 들어온 것은 메이플의 알 수 없는 영향이 아니라 크롬이 여태까지 한 행동의 결과다.

사리나 메이플, 카스미, 카나데, 이즈도 개성적인 뭔가를 가지고 있다.

크롬에게도 크롬밖에 없는 것이 있었다.

그것은 압도적인 사망 횟수.

인기 없는 장비인 방패를 고르고 제대로 쓸 수 있게 되기까지, 공격력이 낮은 탓에 몬스터를 처리하지 못하고 포위당하여 몇 번이나 사망했다.

방패 사용에 능숙해지기까지 시간이 걸렸다.

그만큼 사망 횟수도 늘었다.

그래도 크롬은 단련을 거듭했다.

부족한 재능은 시간과 노력으로 커버했다.

【배틀 힐링】도 계속 죽는 와중에 우연히 입수한 것이었다.

어느 스킬이고, 어느 기술이고, 모두 죽음과 함께 익힌 것이다.

이 던전의 이름은 【망자의 무덤】.

메이플도, 사리도, 이 던전에 들어올 수 없다.

이 던전에 들어올 자격이 있는 것은 천 번이 넘는 사망과 부활을 체험한, 크롬 같은 플레이어뿐이다.

크롬은 구멍 속으로 계속 나아갔다.

시럽도 옆을 따라왔다.

"안쪽을 확인해 볼까. 한 번 죽는 정도야 별로 상관없고."

데스 페널티는 쌓인 경험치 감소와 일부 스킬의 숙련도 감소가 있지만, 그것을 여태까지 거듭 경험해 온 크롬에게는 그렇게 두려운 것이 아니었다.

크롬은 주위의 벽을 관찰했다. 당장에라도 무너질 듯이 낡았고 구멍투성이였다.

아무래도 인공적으로 만든 구멍은 아닌 듯했다.

"무덤 아래면 언데드들이 나올까?"

크롬은 그렇게 예상했다.

그 예상은 정확히 들어맞아서, 조금 더 들어간 곳에 있는 넓은 공간에 들어간 순간 지면에서 차례로 스켈레톤이 기어나왔다.

낡은 창이나 녹슨 검을 들었지만 강해 보이지는 않았다.

피라미 몬스터의 물량 공세다.

크롬은 시럽도 공격에 참가시켜서 부담을 줄이고, 무사히 모든 스켈레톤을 쓰러뜨렸다.

"오, 시럽의 레벨이 올랐나."

크롬은 HP가 줄어든 시럽에게 포션을 주고 시럽이 새롭게 획득한 스킬을 확인했다.

"【커버】를 익혔나, 흠. 방패와 스킬 구성이 비슷하군."

메이플은 평소 시럽을 전투에 자주 참가시키지 않기 때문에, 여태까지 레벨이 별로 오르지 않았다.

크롬과 행동하면서 레벨이 잘 오르게 됐다.

메이플에게 돌려줄 때는 새로운 스킬도 익혀서 강해졌겠지.

"빌려주었으니 답례로 레벨이라도 올릴까."

크롬은 시럽을 잘 돌보면서 계속해서 안으로 들어갔다.

도중에 만난 몬스터를 시럽으로 쓰러뜨리면서 시럽은 무럭무럭 성장했다.

"응? 또 스킬을 익혔네."

크롬이 몇 차례의 전투 후에 시럽을 확인하자 또 새로운 스킬을 두 개 익혔다.

【대자연】
지면을 융기시키거나 덩굴이나 수목을 생성해서 공격과 방어가 가능.

> **【정령포】**
> **【거대화】** 상태에서만 사용 가능. 정면을 향한 원거리 공격.

"이거 이미 나보다 강할지도 모르겠는데. 아아…… 나도 파트너가 있었으면."

그 뒤로 몇 번의 전투를 거치면서 크롬은 가장 깊숙한 곳에 도달했다.

눈앞에는 보스방의 입구인 커다란 문이 있었다.

"던전은 그럭저럭 길기만 하고, 몬스터는 잔챙이밖에 없었는데……. 가 볼까?"

크롬은 이 던전을 고난이도가 아니라고 판단하고 안으로 들어갔다.

안은 넓어서, 시럽이 거대화할 수 있을 정도의 공간이었다.

크롬과 시럽이 방에 들어가자 잠시 뒤에 방 안쪽에서 해골 하나가 천천히 일어났다.

그것은 여태까지의 스켈레톤과 달리, 낡긴 했어도 화려한 장식이 달린 방어구와 장검을 장비했고, 그 퀭한 눈 부분에서는 도깨비불처럼 푸르스름한 빛이 엿보였다.

"휴우……. 혼자서 보스랑 싸우는 건 처음이군……. 아니, 혼자가 아닌가."

크롬은 시럽을 거대화시키고 선수필승으로 시럽에게 명령했다.

"【대자연】!"

시럽의 주위 지면에서 뻗은 굵은 덩굴이 보스를 덮쳤지만, 그것은 모두 보스의 몸에 뒤덮인 푸르스름하게 빛나는 장벽에 가로막혔다.

"일단은 어떻게든 저걸 깨야겠군."

시럽을 뒤로 돌리고 크롬이 보스에게 덤볐다.

보스도 크롬 쪽으로 다가왔다.

"【실드 어택】!"

크롬의 공격은 장벽에 막혔지만, 우선 대미지를 주는 것으로 깰 수 있는지 시험해야만 한다.

"어차……!"

방패로 장검을 튕기고, 단검을 휘둘러서 장벽에 대미지를 준다.

다만 본래 이런 일은 탱커가 하는 일이 아니어서 좀처럼 깰 수가 없었다.

크롬의 장비는 대미지를 한도 이상 받으면 깨진다.

보스의 공격이 묵직하기 때문에 장기전은 피해야 할 것 같다.

이대로 가면 안 되겠다고 느낀 크롬은 공격을 피하려고 이동하며 외쳤다.

"시럽! 【정령포】!"

시럽에게서 새하얀 레이저가 발사됐다.

오는 길에 한 번 사용해서 타이밍과 범위를 파악했기 때문에, 크롬은 펄쩍 뛰어서 피할 수 있었다.

"어때?!"

빛이 사라지는 동시에 콰직 소리가 울렸다.

장벽이 사라졌다.

하지만 그건 단순히 좋기만 한 게 아니었다.

덜걱덜걱 소리를 내는 보스는 지면에 장검을 꽂았다.

직사각형의 방의 네 귀퉁이에서 스켈레톤이 우글우글 솟아났다.

크롬 혼자서는 물량에 밀리겠지만, 이번에는 시럽이 있다.

대부분의 스켈레톤을 시럽에게 맡기고 보스에게 집중할 수 있었다.

크롬은 시럽의 HP에 주의하면서도 견실하게 보스에게 대미지를 주었다.

시럽도 때때로 공격에 참가시켜서 대미지를 쌓았다.

보스의 공격을 확실하게 막기만 하면 피라미 스켈레톤의 공격은 【배틀 힐링】으로 버틸 수 있다.

보스의 공격이 약해졌을 때 차근차근 처리하면 된다.

견실하게 움직이는 크롬이 유리한 상태다.

"【실드 어택!】"

보스는 방패를 가지지 않았기 때문에 공격을 맞히기 쉽다는 게 크롬에게는 다행이었다.

크롬은 넉백 상태에 빠진 보스에게 추격타를 넣었다.

"HP는 그리 많지 않나…… 어이쿠!"

공격에 너무 집중하다가는 뼈아픈 반격을 받기 때문에 크롬은 적당히 멈추면서 공격했지만, 그래도 보스의 HP를 절반만큼 깎았다.

이것은 시럽 덕분이다.

시럽의 【대자연】 공격이 좋은 대미지 소스가 됐다.

시럽이 상당한 양의 스켈레톤을 끌어간 것을 생각하면, 시럽이 없었으면 제대로 싸움도 안 됐겠지.

"정말이지, 메이플에게는 고맙다고 해야겠어……! 【화염베기】!"

화염을 두른 단도가 보스의 몸을 비스듬히 갈랐다.

이걸로 간신히 HP를 절반까지 깎았다.

보스는 원래 있던 자리로 돌아가더니 스켈레톤을 대량으로 불러냈다.

스켈레톤들은 그 자리에서 부스러지더니, 스켈레톤에서 나온 시커먼 영혼이 보스에게로 들어갔다.

네 귀퉁이에서 나오던 스켈레톤도 생성도 멈췄다.

보스에게서 시커먼 오라가 흘러나와 커다란 해골을 만든다.

해골은 한 손에 보스방의 3분의 1은 되는 길이의 검을, 다른 손에는 도끼도 들고 있었다.

"제2형태인가. 메이플이 훨씬 무섭거든? 그쪽 흉내가 좋지 않을까?"

크롬이 그렇게 말하며 방패를 쳐들었다.

보스전도 후반전으로 들어갔다.

"얼른 끝낼까……!"

크롬이 방패를 들면서 전진했다.

그 움직임에 반응해 휘둘린 검을, 크롬은 방패로 받지 않고 회피했다.

그 직후에 도끼 공격을 이번에는 방패로 막았지만, 그 충격으로 날아갔다.

"큭……!"

크롬은 방패를 확인했다.

메이플이나 사리와 달리 도를 넘도록 사용하면 크롬의 방패는 깨진다.

지금은 아직 문제가 없었지만, 저 무거운 공격을 계속 받다간 깨질 가능성이 있었다.

크롬은 한 차례 공격이 닿지 않는 장소까지 돌아갔다.

"【정령포】!"

시럽의 위치까지는 공격이 닿지 않기 때문에 크롬은 시럽의 레이저로 보스를 공격했다.

하지만 시럽의 레이저는 검과 도끼를 교차하는 방어에 모두 막혔다.

"접근할 수밖에 없나……!"

원거리 공격으로 쓰러뜨릴 수 없다고 판명됐기 때문에 크롬은 재차 접근했다.

"【대자연】!"

시럽이 뻗은 덩굴을 막기 위해 도끼와 검을 교차한 보스는 덩굴을 모두 막아내긴 했지만, 그 밑을 달려온 크롬을 막을 수 없었다.

크롬이 보스에게 육박했다.

"【화염베기】!"

크롬이 보스를 베자, 보스가 장검으로 반격했다.

하지만 크롬에게는 방패가 있다.

보스의 공격은 크롬에게 닿지 않았다.

시럽의 【대자연】이 끊긴 순간에 보스가 검과 도끼로 공격할 테니 공격을 멈출 수는 없었다.

"【관통 찌르기】!"

보스의 갑옷을 단검이 꿰뚫어서, 보스의 HP가 20퍼센트까지 떨어졌다.

그 순간.

칠흑의 가시가 보스에게서 부채꼴로 뻗었다.

크롬은 반사적으로 방패로 몸을 지켰지만, 그 뒤로 이어지는 장검 공격도 있어서 방패가 소리를 내며 깨졌다.

"이즈가 잔소리 좀 하겠는데!"

가시는 그것을 끝으로 사라졌다. 크롬이 조금이라도 대미지를 주려고 단도로 베었다.

그때 시럽의 【대자연】이 끝났다.

방패가 없는 크롬이 검과 도끼의 공격을 모두 막는 건 불가능하다.

검 공격만을 받도록 이동하면서 보스를 공격했다.

보스의 장검과 크롬의 단검이 서로 HP를 깎아냈다.

다음 순간 보스가 휘두른 도끼가 장검에 집중하던 크롬의 등에 클린 히트했다. 강한 충격을 받은 크롬의 HP 게이지, 또 갑옷까지도 날아갔다.

하지만 크롬은 쓰러지지 않았다.

【불굴의 수호자】가 그 HP를 1로 지키고 있었다. 그것은 크롬이 가진 생존 스킬. 끈질기게 다음으로 이어가기 위한 카드 중 하나였다.

"【화염베기】!"

한계인 상태로 크롬이 단검을 휘둘렀다.

그래도 보스의 HP 게이지는 아직 10퍼센트가 남아 있었다.

다음 도끼와 검 공격이 크롬을 덮쳤다.

【배틀 힐링】으로도 HP 회복이 부족하다.

"【정령의 빛】!"

크롬이 택한 메달 스킬.

비장 중에서도 비장의 수.

10초 동안 모든 대미지를 무효화하는 성스러운 빛이 크롬에게 쏟아졌다.

"아직은 말이지! 안 죽는다고!"

방어를 버리고 전력으로 공격했다. 보스도 마찬가지로 공격했지만, 크롬의 얼마 남지 않은 HP를 깎아낼 수는 없었다.

크롬의 단도가 보스의 안면을 비스듬히 베었다.

그 직후, 보스의 눈에서 파란빛이 사라졌다.

보스는 몸에 두르고 있던 칠흑의 해골을 흩으면서 빛이 되어서 사라졌다.

"하아…… 빡시네……. 역시 방패는 방어가 전문이야."

주저앉은 크롬의 앞에 마법진과 커다란 관이 나타났다.

크롬은 재빨리 뒤로 물러나며 시럽을 불렀다.

"몬스터일 경우는 커버를 부탁하기로 하고…… 포션을 마셔 둘까."

크롬은 HP를 회복시킨 뒤 관 뚜껑을 천천히 열었다.

안에는 검붉은 피 같은 색깔의 장비를 걸친 해골이 들어 있었다.

일어설 기색은 없었다.

"어? 이, 이게 보수인가?"

크롬은 조심조심 장비에 손을 대 인벤토리에 갈무리했다.

"유니크…… 시리즈? 이건……."

피투성이 해골
【VIT +25】【파괴불가】
스킬【영혼포식】

피로 물든 하얀 갑옷
【VIT +25】【HP +100】【파괴불가】
스킬【데드 오어 얼라이브】

참수
【STR +30】【파괴불가】
스킬【생명포식】

원령의 벽
【VIT +20】【HP +100】【파괴불가】
스킬【흡혼】

"강한데……. 저주 장비 같은 이름과 생긴 것만 빼면 완벽해……. 그리고 단도? 이게 칼이냐, 손도끼냐?"

크롬은 그렇게 말하면서 장비를 걸쳤다.

얼굴을 반쯤 가리는 피투성이 해골의 입.

원래는 순백색이었을 갑옷.

그 이름처럼 목을 칠 수 있을 만큼 크고, 피로 칠한 손도끼.

해골이 조각된 방패.

"스킬을 확인하고…… 돌아갈까."

【소울 이터】
몬스터, 플레이어를 쓰러뜨렸을 때
HP가 최대치의 10퍼센트 회복된다.

【데드 오어 얼라이브】
HP가 0이 됐을 때, 50퍼센트 확률로 HP 1로 살아남는다.

【라이프 이터】
대미지를 줬을 때, 입힌 대미지의 3분의 1의 HP를 회복한다.

【소울 드레인】
공격으로 대미지를 입었을 때 HP를 3퍼센트 회복한다..

크롬은 스킬 확인을 마친 뒤, 시럽을 반지로 돌려보내고 마법진을 통해 던전을 뒤로했다.

◆ ◻ ◆ ◻ ◆ ◻ ◆ ◻ ◆

크롬이 인간을 그만두는 쪽으로 한 걸음 내디디고 며칠 뒤.

짧은 점검이 있고 새로운 스킬 【털깎기】가 추가됐다.

【털깎기】는 말 그대로 털을 깎기 위한 스킬이다.

그와 함께 일부 구역에 양이 나타나게 됐다.

이즈에게는 소재로서 우수하니까 짬이 나면 구해 오라는 말을 들었다.

마침 한가했던 메이플과 카스미는 둘이서 1층 초원을 탐색했다.

"한가하니까 와 봤는데……【털깎기】밖에 없는 우리로 괜찮을까?"

"우리가 아냐. 카스미밖에 없어…….."

방어력에 전부 투자한 메이플이 【털깎기】를 딸 수 있을 리가 없다.

메이플은 【패럴라이즈 샤우트】로 발 묶기 담당이다.

양의 HP는 대단히 낮기 때문에 HP를 줄이지 않으면서 발을 묶을 필요가 있다.

메이플은 그 점에서 적임자였다.

"털이 있는 양은 없어~."

"그렇군……. 다른 플레이어도 【털깎기】를 위해 왔겠지."

이미 【털깎기】가 끝난 양은 보였지만, 평범한 양은 보이지 않았다.

그렇게 찾은 지 30분.

"찾았다!"

카스미가 가리킨 곳에는 세 마리의 양.

"【패럴라이즈 샤우트】!"

메이플이 즉각 양들을 마비시켰지만, 범위에서 벗어났기 때문에 한 마리밖에 마비에 걸리지 않았다.

두 사람이 그 양에게 다가가는 사이에 나머지 두 마리는 도망쳤다.

"일단 한 마리 할까. 【털깎기】."

카스미가 스킬을 사용하여 양털을 예쁘게 깎아내자 인벤토리에 양털이 하나 추가됐다.

"이래선 부족하군……."

"응……. 아마도."

양털 하나를 챙겨서 가도 뭔가 만들기에는 부족하겠지.

"흠……. 나 혼자라면 도망친 양을 쫓아갈 수 있겠지. 움직임을 막을 수 있는 스킬도…… 없는 건 아니고. 잠깐 다녀오마."

"응! 알았어."

그렇게 카스미는 양이 도망친 방향으로 달려갔다.

그 자리에는 마비된 털 없는 양과 메이플이 남았다.

"……."

메이플은 양을 힐끗 보았다.

부드러워 보였다.

카스미는 양 하나를 쫓아갔다.

"【초가속】!"

카스미가 【초가속】을 사용해서 간신히 따라잡을 수 있는 속도였다.

들키지 않게 움직임을 멈추지 않으면 【털깎기】는 어렵겠지.

"일단…… 【털깎기】!"

카스미는 되든 말든 달리면서 【털깎기】를 시험해 보았다.

양의 옆을 나란히 달리는 카스미가 스킬을 사용해서 양털을 예쁘게 깎아냈다.

카스미가 멈춰 섰다.

"움직임을 멈추지 않아도 스킬의 사정권 안에 들어가면 되나. 게임이기에 가능한 조화로군."

인벤토리를 확인하니 정말로 양털이 늘어나 있었다.

또 다른 양은 다른 방향으로 도망쳐서 그대로 보이지 않게 됐다.

메이플이라면 몬스터에게 당할 일도 없기 때문에 안심하고 돌아갈 수 있다.

그리고 카스미는 메이플이 있던 방향으로 돌아왔는데, 거기에는 정체 모를 하얀 구체가 자리를 잡고 있었다.

"엉?"

카스미는 칼을 뽑고 경계하면서 그 구체에 다가갔다.

"이건…… 양털?"

카스미가 그 구체를 보고 만지며 확인하자, 그건 틀림없이 양털이었다.

"【털깎기】!"

카스미가 그 구체를 향해 스킬을 발동했다.

스킬은 이 구체에도 확실히 효과를 발휘하여, 양털 구체는 양털 열 개가 되어 카스미의 인벤토리에 들어갔다.

그와 동시에 철컹 소리를 내며 메이플이 지면에 떨어졌다.

"메이플? ……그 안에 있었나?"

"안에 있었다고 할까…… 그게 나였다고 할까…….."

"무, 무슨 소리지?"

"……조금 장난으로."

메이플은 그 이상 자세히 말하지 않았다.

"뭐, 뭔지 잘 모르겠지만…… 안 묻는 게 낫겠군…….."

카스미는 분위기를 파악하고 그 이상 묻지 않았다.

"내가 24시간마다 양털을 만들 수 있게 됐으니까【털깎기】 부탁해."

"그, 그래. 알았다."

두 사람은 시럽을 타고 길드 홈으로 돌아갔다.

도중에 메이플은 자신의 스킬을 재확인했다.

【양포식자】

길드 홈에 돌아온 카스미는 테이블을 사이에 두고 크롬과 마주 앉아서 이야기를 했다.

화제는 메이플과 양털이었다.

"내가 잠깐 자리를 뜬 사이에 뭔가 스킬을 손에 넣었더군."

"내가 아는 사람의 말을 빌리자면…… 눈을 떼면 바로 그렇게 되지."

크롬은 이미 익숙하다고 덧붙였다.

"……익숙해졌나?"

"나도 저쪽에 깊이 발을 담갔고 말이지…….."

크롬은 자기 장비를 보면서 말했다.

크롬도 평범함과는 많이 멀어졌다.

"그럼 어떻게 하면 놀라지?"

카스미의 그 질문에 크롬이 생각했다.

잠시 뒤에 크롬이 말하기 시작했다.

"그렇군……. 그대로 하늘로 떠올라서 구름이 되어 벼락이라도 떨어뜨리기 시작하면 놀랄지도."

크롬은 농담처럼 말했다.

"하하하! 아무리 그래도 그건 아니지."

"그래, 나도 그렇게 생각해. 아, 그렇지. 운영에서 메시지가 왔는데 봤어?"

카스미는 못 봤다는 듯이 고개를 내저었다.

크롬은 메시지 내용을 간추려서 말하기 시작했다.

"제3회 이벤트. 2주 뒤야."

"연속해서 오는군……. 그래서? 내용은?"

"기간 한정 몬스터가 나오고, 그 녀석이 드롭하는 아이템을 모으는 거야. 모은 양에 따라 개인 보수와 길드 보수가 나와."

크롬의 말로는, 길드 보수는 길드 크기에 따라 필요한 수량이 변한다고 했다.

메이플의 길드는 【길드 홈】을 랭크가 낮은 【광충의 징표】로 만들었기 때문에 필요 수량이 적었다.

개인에게는 랭킹이 있고, 랭킹에 따라 보수가 추가된다.

또한 아이템의 양도는 불가능하다.

인벤토리에 가는 게 아니라 숫자만 카운트되기 때문이다.

"……이번에는 힘들겠지."

"맞는 말이야."

두 사람은 메이플을 두고 말하는 것이었다.

여태까지 메이플은 이벤트에서 항상 좋은 성적을 올렸지만, 그건 그 강함 때문이지 시간을 들인 결과가 아니다.

이번 랭킹에서 상위에 드는 것은 아무래도 불가능하다.

"나도 제법 열심히 한다지만…… 위에는 위가 있으니까."

【단풍나무】 안에서도 제3회 이벤트를 위해 준비하는 기간에 돌입했다.

◆ □ ◆ □ ◆ □ ◆ □ ◆

어느 날, 길드 홈 안에서 이즈와 카나데가 대화를 나누고 있었다.

"우리는 기본적으로 저 네 명의 지원역이 되겠지."

이즈는 전투 이외의 서포트.

카나데는 귀중한 후방 인원이다.

"나도 공격마법을 배워보았지만…… 저래선 필요 없을 것 같으니까, 조금 방향성을 바꿔봤어."

카나데가 공격하기 전에 전위 네 명이 몬스터를 쓰러뜨리기 때문에 카나데는 아군의 스테이터스를 올리는 스킬이나 회복마법에만 손을 댔다.

"지팡이는 나 혼자고, 다들 못 배우는 스킬도 입수하니까."

사리가 배운 마법보다도 더 다양한 종류의 마법을 카나데는 습득할 수 있다.

그게 이 길드에서 카나데의 개성이다.

"그 네 명을 강화해 주면 알아서 쓰러뜨리니까."

"그래. 정말 든든해······. 아, 그리고. 그 장비는 어때? 몇 번 개량도 했지만······ 마음에 든다면 기쁘겠어."

오늘은 그걸 위해 불렀다고 이즈가 말했다. 그 말에 카나데는 만족한다며 고개를 끄덕여주었다.

카나데는 초기장비 외에 시판품 장비를 조금 더한 정도라서, 제2회 이벤트 이후로 겉모습이 그리 변하지 않았다. 그래서 이즈가 장비를 만든 것이다.

머리 색깔과 마찬가지로 붉은색의 사냥모자.

다른 것도 검정색과 붉은색을 주로 한 장비라서, 장비라기보다는 평상복에 가까운 모습이었다.

이것들에는 개량 과정에 메이플의 양털도 소재로 사용됐다.

모든 장비가 【INT】와 【MP】 상승 효과를 가졌기 때문에, 카나데라면 이 장비를 입기만 해도 크게 강화됐다.

"갑옷은 나한테 안 어울리니까."

카나데는 개량된 장비를 입더니 길드 홈에서 나갔다.

카나데는 이날 【마력장벽】을 취득하러 갔다.

최근 이 길드에서 카나데가 제일 열심히 스킬을 취득했다.

카나데를 쓰러뜨리지 않으면 지원, 회복이 멎지 않는다.

다만 경우에 따라서는 카나데를 쓰러뜨리기 위해 대천사 상태의 메이플을 쓰러뜨려야 한다.

그리고 그 메이플의 【VIT】는 카나데가 더욱 강화해 준다.

줄어든 메이플의 HP도 회복시킬 수 있다.

메이플 일행과 전투를 피하는 게 상식이 되는 날도 금방이다.

아니, 이미 왔는지도 모른다.

장소를 바꾸어서 2층 외딴곳.

사리는 그곳에 있는 숲에 와 있었다.

"휴우……. 여태까지는 대미지를 받지 않았지만…… 대미지를 받았을 때의 준비도 슬슬 시작해야지."

사리는 최근 며칠 동안 스킬을 몇 개 익혔다.

그래도 사리의 이상에 가까워지기 위한 스킬은 부족했다.

"오보로도 레벨을 올려야 하고."

숲을 걷고 있으면 몬스터가 연이어 나타난다.

사리는 이번에는 회피에 중점을 두고 몬스터를 조금 공격한 뒤 오보로가 쓰러뜨리게 하는 스타일로 레벨을 올렸다.

그렇게 한동안 싸우자 오보로의 레벨이 올랐다.

"휴우……. 확인해 볼까. 오오?"

오보로의 스킬을 확인한 사리가 기쁜 듯이 웃으며 오보로를 쓰다듬었다.

"이건…… 대미지를 받았을 때의 준비가 필요 없을지도."

사리는 그렇게 말하더니 오보로의 레벨업 작업을 멈추고 마을로 돌아갔다.

크롬은 2층 사막에 있었다.

"이거 장난 아닌데. 죽을 것 같지가 않아."

몬스터의 공격을 방패로 막아내고 손도끼로 공격한다.

그것만으로도 HP가 쑥쑥 회복되고, 【배틀 힐링】으로도 회복된다.

그리고 HP가 바닥날 것 같으면 【정령의 빛】을 쓰면 된다.

크롬은 마지막 몬스터를 베어버리고 무기를 도로 넣었다.

"메이플의 장비는 틀림없이 유니크 시리즈겠군. 방패와 단도는 확정으로 스킬이 붙어. 갑옷만 안 붙는 느낌인가."

크롬에게는 【파괴 불가】도 고마웠다.

장비의 점검이 필요없기 때문이다.

"메이플의 장비에도 【파괴 불가】가 있겠지."

실제로는 그보다 훨씬 무시무시한 스킬이 붙어 있는 것을, 크롬은 모른다.

"조금 더 사냥을 할까."

방패 유저면서도 솔로로 안전하게 싸울 수 있게 된 크롬은 전투를 계속했다.

【단풍나무】의 방패 유저는 하나같이 일반적이지 않다.

본래 방패 직업은 공격력과 방어력을 겸비한 직업이 아니다.

카스미 또한 전투 중이었다.

카스미는 【단풍나무】 안에서 가장 안정되게 화력을 낼 수 있는 플레이어다.

사리가 단검, 크롬과 메이플이 단도이기 때문에, 전위 중에서 가장 사거리와 공격력이 좋다.

실제로 【STR】이 멤버 중에서 가장 높고, 【AGI】도 높다.

방어력이 다소 불안한 스테이터스였지만, 대천사 메이플 덕분에 그 불안도 해소됐다.

그야말로 압도적인 안정감이다.

"자⋯⋯. 슬슬 돌아갈까."

카스미는 그때 메시지가 와 있는 것을 깨달았다.

"메이플에게서? 뭐지⋯⋯."

카스미가 메시지를 확인하자 거기에는 단적으로 이렇게 적혀 있었다.

2층 마을에서 서쪽.

털을 깎으러 와 주세요.

가급적 빨리 와 주시면 기쁘겠습니다.

"응? 으음? 뭐, 안 갈 이유도 없나."

카스미는 메이플이 있는 장소를 향해 달려갔다.

시간을 10분 거슬러 올라가.

메이플은 양털을 만드는 스킬을 연구하려고 서쪽에 나와 있었다.

"【발모(發毛)】!"

적당한 장소에서 메이플이 그렇게 말하자, 푹신푹신한 양털이 시야를 뒤덮었다.

"역시 생겨나는 양은 조절 못하나⋯⋯. 끙⋯⋯끙! 야압!"

메이플은 중심에서 아래로 비스듬하게 몸을 움직여 양털에서 고개를 내밀었다.

마찬가지로 팔다리도 빼냈다.

"이러면 움직일 수 있을까?"

움직여 봤자 아무런 의미도 없다.

다만 이 상태의 메이플을 향해 공격해온 몬스터를 눈으로 볼 수 있기 때문에, 어떤 사실을 깨달았다.

"혹시 이 양털도 내 방어력하고 마찬가지?"

바로 그랬다.

메이플의 몸에서 나 있는 동안은 메이플의 몸의 일부라서 메이플의 스테이터스가 반영된다.

"양털 안에 있으면【털깎기】를 당하지 않는 한 강하다?"

그 뒤로 여러 용도를 연구했지만 이렇다 할 것이 떠오르지 않은 메이플은 양털 상태를 해제하려다가 깨달았다.

"아앗?! 나 혼자서는 어떻게 안 돼?!"

그 정체 모를 양털을 알아차린 플레이어들이 멀찍이서 걸어오는 게 보였다.

이대로 있다간 사족 보행인 상태로 구경거리가 된다.

메이플은 다급히 카스미에게 연락을 넣었다.

"도, 돌아가자!"

메이플은 다급히 양털 중심으로 돌아가고, 플레이어가 접근하지 못하도록 안에서 독을 뿜어냈다.

"아! 카스미도 올 수 없구나!"

이미 저질렀으면 어쩔 수 없다.

밖에서 들려오는 목소리는 많아졌지만, 독 때문에 아무도 【털깎기】를 할 수 없다.

잠시 후 독이 사라지고 카스미가 회수했을 때는 메이플이라는 사실이 퍼져서, 또 엉뚱한 짓을 했다고 게시판에서 화제가 됐다.

−−−−−−−−−−−−−−−−−−−−−−−−−−−−−−−−−−−

280이름 : 무명의 대검 유저

또 메이플이 뭔가 했군

281이름 : 무명의 창 유저

그런가 봐 털구슬이 됐다는 목격담이 있어

282이름 : 무명의 마법 유저

평범하게 있으면 인간이 털구슬이 되지 않지

283이름 : 무명의 대검 유저
그렇지

284이름 : 무명의 활 유저
양에게 감화되어서 양이 된 거야, 분명

285이름 : 무명의 창 유저
메이플이라면 그 정도의 분위기가 딱 좋기도 하군

286이름 : 무명의 대검 유저
뭐, 털구슬 정도야 해가 없지
푹신푹신할 뿐이고

287이름 : 무명의 마법 유저
하지만 안에서 독이 나왔대

288이름 : 무명의 창 유저
무슨 성게냐?

289이름 : 무명의 활 유저
메이플은 위험해지면 맹독을 내뿜으니까

290이름 : 무명의 대검 유저
독이 없어도 다부지게 살 거라고 생각해

291이름 : 무명의 창 유저
뭐, 메이플에게도 방어 관통공격이라는 천적이 있고

292이름 : 무명의 마법 유저
응? 그럼 털구슬일 때의 대미지는 어떻게 되는 거야
본체에 안 맞잖아?

293이름 : 무명의 활 유저
천적은 어떻게 됐냐

294이름 : 무명의 창 유저
으음, 정점에 서지 않을까?
털구슬 형태는 관찰이 필요하군

————————————————————————————

크롬이 오면 물어보자는 등등 이야기를 하는 동안에 시간이
흘러갔다.

4장 방어 특화와 제3회 이벤트.

　메이플이 로그인하여 길드 홈에 나타났다. 길드 홈 안의 현관에는 사리와 카나데와 이즈가 있었다.
　"이벤트 시작했네!"
　메이플이 두근거리는 기색으로 사리에게 말했다.
　"아직 시작한 지 다섯 시간밖에 안 됐는데 대단해. 1등은 벌써 다섯 자리 숫자. 크롬 씨랑 카스미는 벌써 사냥 갔어."
　이번에는 시간가속이 없기 때문에 메이플은 그렇게 많은 시간을 들일 수 없었다. 그냥 할 수 있는 데까지 해 보자는 자세였다.
　"오오……. 다들 대단하네……."
　여기에 있는 네 명은 아직 0개다. 이즈는 이번 이벤트에 조금만 손대고 그만둘 생각이라고 했다.
　"공격 스킬은 거의 없지만, 【STR】라면 다소 있어."
　대장장이의 해머로 때리면, 적에 따라서는 쓰러뜨릴 수도 있다.
　당연히 【STR】은 메이플보다도 높다.

"우리도 갈까."

"그래."

세 사람은 이즈를 남기고 나가려고 했지만, 이즈가 그들을 제지했다.

이즈는 사리와 메이플에게 장비품을 건네주었다.

"양털로 만든 장비야. 사용한 양털의 양에 따라서 이번 이벤트에서 드롭량이 많아진다나 봐."

메이플 덕분에 양털을 상당량 확보할 수 있었다.

카나데는 이미 양털을 듬뿍 쓴 장비이기 때문에 문제없다.

이즈가 사리에게 준 장비는, 사리의 움직임을 제한하지 않을 정도로 푹신하게 만든 것이다. 외모도 양털 장비답게 흰색 기반이었다.

메이플의 장비는 완전히 양 같은 모습이었다.

새하얀 전신장비 전부가 양털처럼 푹신푹신하다.

"아무래도 양털로 갑옷을 만드는 건 무리야."

방패와 단도는 공격 능력을 생각해 평소처럼 검정 장비이기 때문에 귀여운 외모에 어울리지 않지만 어쩔 수 없다.

이즈는 말하지 않았지만, 이 장비는 이즈가 양털로 뒤덮인 메이플을 보고 싶었기 때문에 이렇게 만들었을 뿐이다.

갑옷은 안 돼도 보통 옷이라면 만들 수 있다.

그냥 개인적인 취미의 결과다.

세 사람은 이번에야말로 길드 홈을 나서서, 전원이 다른 방향으로 향했다.

　모여 있어도 많이 잡기 어려워질 뿐이니까, 길드 보수와 개인 보수 모두에 공헌하는 방향을 생각한 결과다.

　메이플은 시럽을 타고 이동하면서 각종 보수에 필요한 수량을 확인하고자 파란 패널을 보고 있었다.

　대상 몬스터의 외모도 나와 있는데, 그게 붉은색 소였다.

　"내 이동 속도는 이번 이벤트랑 안 맞아……."

　시럽을 타도 사리에게는 아득하게 못 미친다.

　메이플은 자기에게 필요한 보수가 나오는 수량을 목표로 이벤트를 즐기기로 했다.

　"그 스킬을 딸 때까지는 벌어야지."

　메이플은 어느 한 스킬에 눈독을 들인 뒤에 패널을 닫고 아래쪽을 확인했다. 거기에는 마침 붉은 소가 보였다.

　"【히드라】!"

　메이플은 시럽의 가장자리에서 히드라를 쏘고 지면에 내려가 아이템을 회수했다. 몬스터의 탐색 범위 밖에서 한 공격이었기 때문에 몬스터가 도망갈 리는 없었다.

　메이플의 공격은 명중하기만 하면 문제없이 쓰러뜨릴 정도의 위력이 있다.

　다만 이 힘을 살릴 수 있는 상황에는 몇 가지 조건이 있었다.

"으음…….【독 무효】를 가진 적도 나오려나……."

【독 무효】를 가진 적이 나타나면 메이플의 공격 수단은 대폭 제한된다.

도망치는 게 무난할 정도다. 이건 독 공격에 의지하는 메이플에게 심각한 문제였다.

또한 독이나 마비로 공격을 거듭하면서 모든 플레이어에게 메이플의 공격 수단이 알려진 것도 문제였다.

언제 올지 모르는 플레이어 사이의 전투 이벤트를 대비하여 【독 내성】을 취득하는 플레이어도 많다.

메이플 대책은 강력한 플레이어 사이에서 당연시됐다.

메이플 하나만이 상대라면 방법에 따라서는 어떻게든 쓰러뜨릴 수 있는 플레이어도 확실히 존재한다.

"그러고 보면…… 레벨 30이 된 뒤로 장비에 스킬을 하나 더 붙일 수 있게 됐지."

메이플은 스테이터스를 몰아줬기 때문에 취득할 수 있는 스킬이 너무 적다.

갑옷을 보자면 아직 아무런 스킬도 추가하지 않은 채로 두 번째 슬롯이 추가됐다.

"생각해도 소용없나."

메이플은 때때로 지면에 독을 뿌리면서 필드를 날아다녔다.

"소가 없네……. 어딘가 안 모여 있으려나?"

운영진의 정보에 따르면 보스방이나 물속 같은 일부 장소를 제외하고 어디에나 출현한다고 했으니까, 메이플은 플레이어가 적을 만한 장소로 향했다.

　이동하기를 30분.
　메이플은 이동 중에도 아래를 확인했지만, 그렇게 많이 잡을 수는 없었다.
　역시 이동 속도의 문제가 컸다.
　그래도 메이플은 실망하지 않고 소를 찾았다.
　실망하지 않은 이유는, 메이플이 시럽과 함께 느긋하게 하늘을 나는 것 자체를 즐겼기 때문이기도 했다.
　"소는 나중에 찾고…… 시럽하고 산책해도 좋을 것 같아…….
최근에는 퀘스트만 하느라 느긋하게 못 보냈고."
　메이플은 잠시 생각한 뒤에 오늘은 소 찾기를 대충하고 시럽과 공중 산책을 즐기기로 결론을 내렸다.
　소를 찾느라 살벌한 지상과 달리 하늘을 나는 메이플은 놀랄 만큼 느긋하게 게임을 즐기고 있었다.

　그 무렵, 운영진은 이벤트에서 문제가 생기지 않나 확인하면서 뭔가 이야기하고 있었다.
　"메이플은 정기적으로 이해력의 범주를 벗어난 짓을 하니까 주목도가 높은 플레이어다."

"음, 그렇지."

운영은 메이플 약체화 계획을 계속 생각하고 있었다.

방어력을 보든지 【악식】을 보든지 상식을 벗어나고, 최근에는 시립에 관해서도 생각해야만 했다.

"밸런스가 이상하기 때문에 여러 군데를 수정할 생각도 했지. 그 이상한 비행이라든가."

"당연해."

"하지만…… 그냥 놔둘까…… 싶어서."

"이유는?"

"메이플이 여기저기서 이 게임의 간판 플레이어 대접을 받는 상황이 된 까닭도 있지."

메이플을 보며 자기도 저렇게 될 수 있을지 모른다며 새로 들어온 플레이어도 제법 있다.

메이플에 대항하기 위해서인지, 메이플이 뭔가 터뜨린 뒤에는 과금 아이템의 구입도 늘었다. 주로 경험치 증가나 스킬 숙련도 증가 등으로.

그렇기 때문에 운영은 메이플을 그대로 두기로 했다.

주목도가 너무 높아서 함부로 수정할 수 없는 부분이 늘어난 탓도 있었다.

"3층은 메이플의 비행 능력을 죽이지 않으면서도 이벤트가 망가지지 않도록 조정했어."

"앞으로는 손을 대지 않는 방향인가?"

"그래, 지켜보자. 뭐랄까…… 억지로 약체화를 생각하지 않으면 그냥 귀여운 플레이어잖아?"

"【절대방어】의 입수 방법을 조정했어. 메이플 같은 플레이어가 넘쳐날 일은 없어. 어지간한 일이 일어나지 않는 한 괜찮아. 게다가 거기에 필적할 만한 녀석이 몇 명 있지."

"가끔은 심장에 안 좋지만 아직 문제없나……. 일단은."

"그래, 일단은……."

그 말에는 뭔가 함축된 바가 있는 듯했지만, 아무튼 메이플이 모르는 곳에서 운영진은 메이플의 능력을 묵인하고 있었다.

◆ □ ◆ □ ◆ □ ◆ □ ◆

메이플은 한동안 공중산책을 즐겼지만, 갑자기 메시지 도착을 알리는 소리가 울렸다.

"응……? 누구지?"

메이플이 발신인을 확인하자, 도합 세 개의 메시지가 도착해 있었다.

각각 크롬, 카스미, 이즈에게서 온 메시지였다.

마치 짠 것처럼 내용은 비슷했다.

어느 메시지도 지금은 이벤트에 열중하자는 내용이었다.

"찾는 대로 쓰러뜨리고 있지만…… 역시 속도가 부족한가."

메이플은 세 사람에게 열심히 하겠다고 답신을 보낸 뒤 하늘을 날아갔다.

"평원 말고도 있는 모양이고, 저기 보이는 산으로 가 볼까."

메이플은 멀리서 보이는 산을 향해 나아갔다.

세 사람이 메이플에게 메시지를 보낸 것은 어떤 사실을 깨달았기 때문이다.

메이플을 혼자 두었다는 점이다.

그렇기 때문에 이번에는 이상한 일에 나서지 말고 이벤트에 힘을 기울이자고 말한 것이다.

눈을 떼면 뭔가가 일어난다.

그게 좋은 일이라고만 할 수는 없다.

세 사람은 이번에는 조심스럽게 그걸 억제하려고 들었다.

메이플은 한동안 하늘을 날아서 산에 도착했다.

"이 근처는 사람이 없네."

급경사를 이루며 나무들이 자란 산에는 소가 적었다.

운영진의 말처럼 아예 안 나오는 건 아니지만, 나오는 공간이 제한된 탓이다.

이래선 다른 플레이어가 없더라도 효율이 나쁘겠지.

다만 몬스터를 잡을 때 경쟁 상대에게 쉽사리 선수를 빼앗기는 메이플은 애초부터 효율이 최악이기 때문에 오히려 효율이 올랐다.

"나는 이 근처에서 혼자 싸우는 게 딱 좋을지도."

시럽을 반지로 돌려보내고 혼자 산을 타며 소를 잡았다.

양털 장비를 맞춰서 그런지, 양털 장비가 없는 플레이어와 비교하면 메이플도 제법 괜찮은 효율을 낼 수 있었다.

"카스미나 사리는 상위로 가려나?"

【단풍나무】에서는 두 사람이 높은 기동력을 가지고 있다.

양털 장비도 맞춘 두 사람이라면 메이플의 두세 배는 너끈히 사냥하겠지.

"내 속도에 맞춰 가자. 스킬도 구할 수 있을 것 같으니까!"

그렇게 말한 메이플의 발밑의 바위가 흔들렸다.

"어?!"

메이플이 균형을 잃고 재빨리 나무에 매달렸다.

"아…… 틀렸다……."

하지만 그것도 몇 초밖에 못 버텼다.

메이플은 순간적으로 할 수 있는 게 없을까 생각했지만, 경사면을 굴러떨어지는 게 먼저였다.

엄청난 기세로 메이플이 경사면을 굴러떨어졌다. 튀어나온 바위에 부딪치고 덤불을 뚫고 나가면서 메이플의 시야는 빙글빙글 돌았다.

"우와, 머, 멈춰 줘어어어어!"

그 뒤에도 한동안 급경사를 구른 메이플은 커다란 소리를 내며 어딘가에 부딪쳐서 멎었다.

"우우, 눈이 돌아……. 【VIT】에 몰아주길 잘했다……. 조심해야지."

【VIT】에 몰아주지 않았으면 지금쯤 죽어서 강제 마을 송환을 당했을 것이다.

하지만 메이플은 구르는 동안에 【악식】을 다 썼다는 사실을 깨달았다.

"아……. 어쩔 수 없나. 조금만 더 사냥하고 오늘은 그만하자……. 응?"

메이플은 멈춘 주위를 둘러보다가 자기가 큰 나무에 부딪쳐서 멈춘 것을 깨달았다.

"오오……. 크네……. 아."

나무를 관찰하던 메이플은 이해할 수 있었다.

나무 아래쪽이 메이플의 방패 모양으로 쪼개져 있었다.

마지막 【악식】에 희생된 게 틀림없었다.

"미, 미안해!"

그 틈새를 들여다보자 메이플이 만든 균열 말고도 머리가 들어갈 정도의 작은 공간이 있었는데, 메이플은 거기서 녹슨 톱니바퀴를 하나 발견했다.

메이플이 틈새에서 위를 올려다보자 희미한 빛이 보였다.

나무 안에 작고 긴 구멍이 이어져 있어서, 거기를 통해 떨어진 것으로 짐작이 갔다.

메이플은 톱니바퀴를 주웠다.

"아이템명…… 【옛날의 꿈】?"

스킬도 없고, 장비품도 아니다.

효과도 없고, 설명문도 없다.

메이플은 길드 홈에 장식하는 용도밖에 떠오르지 않았다.

"일단 챙겨 가자. 그리고…… 이 나무를 치료할 수 있을까?"

메이플은 백색 장비로 바꾸고 포션을 마셔 HP를 회복했다.

"좋아! 【자애의 빛】!"

메이플에게서 대미지 이펙트가 격하게 발생했다.

그와 함께 메이플의 손에서 나온 빛이 나무를 감쌌다.

"……안 되네. 이게 내 가장 큰 회복 수단인데."

【헌신의 자애】에 포함된 스킬에는 회복 스킬도 몇 개 있다.

다만 어느 스킬도 자기 자신을 회복하는 능력은 아니다.

"정말로…… 미안해!"

메이플은 다시금 고개를 숙이고 그 자리를 뒤로했다.

"우선은 숲에서 나가서 시럽을 타고 돌아가자."

메이플은 장비를 이전 상태로 돌리고 걸어갔다.

그 뒤에 소와 몇 번 만나서 단도로 베어버리고 숲을 나섰다.

그 무렵 크롬은 소를 쓰러뜨리면서 걷고 있었는데, 갑자기 발걸음을 멈추었다.

"··········뭔가 안 좋은 예감이 드는데."

크롬의 육감이 뭔가를 감지했다.

방패와 손도끼를 들고 경계하지만, 딱히 덤벼드는 것은 없다.

"······기분 탓인가?"

기분 탓은 아니지만, 멀리 떨어진 장소에서 일어난 뭔가를 알아차린 것임을 크롬은 몰랐다.

제3회 이벤트 기간은 일주일.

5일째에 메이플은 목표 스킬에 도달했다.

"좋아, 【카운터】 겟!"

메이플이 이 스킬을 입수하는 것을 두려워한 플레이어는 많았겠지.

다만 그걸 방지하는 건 도저히 불가능했다.

메이플은 계속 그 약점을 메우고 있다.

다만 최강의 공격 수단인 독은 주위의 대책으로 효과를 잃어가고 있다.

메이플만 생각하자면 이번 【카운터】는 상당한 강화겠지.

그리고 이걸로 메이플은 자기 목표를 달성했다.

이대로 더 상위를 노려도 얻을 수 있는 것은 적기 때문에 소 찾기에서는 한 발 물러났다.

별로 의욕이 나지 않았던 탓도 있었다.

메이플은 소 찾기를 거의 끝냈다.

이건 그대로 메이플의 자유행동으로 이어진다.

혹시 이걸 몇몇 플레이어가 알았다면 전력으로 이벤트에 참가할 때의 이점에 대해 말하겠지.

메이플을 에워쌀지도 모른다.

다만 현재 메이플 주위에는 그런 플레이어가 한 명도 없었다.

"시럽? 어디 갈까?"

대답도 없지만 말을 걸었다.

별다른 목적이 없어졌기 때문이다.

길드 보수도 있기 때문에 탐색에서 완전히 손을 놓은 것은 아니지만, 사리와 카스미와 크롬이 버는 것만으로도 충분할 기세였다.

"뭔가 없을까…… . 엄청나게 큰 소 없을까…… ."

아래쪽에는 숲이 펼쳐지기 시작했다.

메이플은 상공에서 탐색하기를 그만두고 뛰어내렸다.

"여기는【대천사의 조각】을 입수한 숲……이었나? 잘 기억이 안 나네."

사리는 금방 지도를 외울 수 있다고 했다.

익숙해서일 것이다.

메이플은 강자로 꼽히지만 플레이 시간은 초심자급이었다.

여기도 소를 찾기에는 별로인 장소이기 때문에 조용했다.

메이플이 하는 일도 가끔 나타나는 소를 잡기만 하는 단조로운 작업이었다.

그렇게 걷는 동안에 메이플은 낯익은 건물에 도착했다.

"그때 온 교회다."

메이플은 지난번에 별로 탐색하지 않았던 교회에 들어갔다.

이전에는 【대천사의 조각】을 입수하고 바로 나갔기 때문에, 메이플은 이번에 구석구석까지 찾아보기로 했다.

"죄다 낡았지만…… 어디에 책 같은 거 없을까?"

메이플은 제2회 이벤트 때의 책 같은, 뭔가 힌트가 될 법한 책을 찾았다.

의자 밑에서 벽까지 빠짐없이 살폈지만, 이렇다 할 성과는 올릴 수 없었다.

"남은 건…… 저기뿐이네."

메이플이 향한 곳은 【대천사의 조각】이 떨어져 있던 지점이다.

거기에는 작은 병 대신 붉은 글씨가 바닥에 작게 적혀 있었다.

서서 글씨를 읽을 수는 없어서, 메이플은 엎드리는 자세로 손가락으로 더듬어 글자를 읽었다.

"어어…… 【소환】?"

메이플이 그렇게 중얼거린 순간.

교회 바닥이 붉게 빛나기 시작했다.

빛은 점점 강해지고, 벽이나 천장도 붉게 물들었다.

"어…… 잠깐만?!"

메이플은 반사적으로 그 자리에서 도망치려고 했지만, 그보다 먼저 시야가 빛나며 붉게 물들었다.

"……어, 어?"

눈앞에 펼쳐진 것은 교회와 완전히 똑같이 생겼으면서도 온통 회색으로 덧칠된 광경이었다.

으스스한 장소였다.

"여기…… 어디?"

여기 이벤트가 시간이 오래가는 거라면 돌아가는 것도 생각해야 한다.

그 경우에는 로그아웃하면 될 뿐이지만, 다시 여기에 올 수 있을지 알 수 없다.

신중하게 판단해야만 한다.

메이플은 일단 교회 밖으로 나갔다.

"우와…… 아주 황량해."

바깥도 마찬가지로 회색 세계였다.

푸릇푸릇한 숲은 사라지고, 멀리까지 보이는 회색 대지로 변했다.

마치 시간이 멎은 것처럼, 여기저기서 하늘에 부서진 잡동사니가 공중에 뜬 채로 멈춰 있다.

"사리는 여기 싫어하겠다……."

메이플이 중얼거리면서 황야를 걸었다.

목적지가 없는 건 아니다.

메이플은 이 회색 세계 중에서 저 멀리에 유일하게 회색이 아닌 곳을 발견했다.

메이플은 그 근처로 걸어갔다.

메이플이 회색이 아닌 물체에 도착했다.

그것은 시커먼 공이었다.

시커먼 공은 메이플이 다가오는 것에 반응했는지, 표면이 울퉁불퉁 융기하기 시작했다.

그리고 마지막에는 구체가 터지고 안에서 숯처럼 시커먼 액체와 함께 뭔가가 굴러떨어졌다.

낡은 로브 밑으로 뻗은 꼬리.

머리에는 양 같은 뿔이 있었다.

그것은 고개 숙인 채로 말하기 시작했다.

"식사가 왔나……."

그 발언에 경계한 메이플이 방패를 들었다.

그것은 숙이고 있던 고개를 들고 메이플 쪽을 보다가 뭔가를 깨달았다.

"어? 너는 그때의? 천사의 힘이 섞여서…… 거참 운이 좋군……! 너를 먹고 악마로서 격을 올리겠다. 신전에서는 당했지만, 여기라면 전력으로 싸울 수 있어!"

그렇게 말하며 악마는 포효했다.

틀림없이 화해의 길은 없다.

싸워야만 하겠지.

메이플은 두려워하기보다도, 싸우려는 것보다도, 악마의 발언에서 뭔가를 깨달았다.

"우에에…… 먹어? 음…… 나도 그럴까?"

메이플은 불온한 말을 하며 전투태세에 들어갔다.

제3회 이벤트에서 탈선한 곳에는 이상한 방향으로 가는 레일이 깔려 있었다.

악마가 메이플을 향해 돌진하여 엄청난 기세로 공격했다.

메이플은 반응할 수 없어서 그 주먹을 그대로 맞았다.

"좋아! 노 대미지!"

그래도 악마의 공격은 메이플의 몸에 상처를 낼 수 없었다.

하지만.

"응?"

메이플의 몸에 검붉은 사슬이 얽혔다. 악마의 공격 때문이라고 쉽사리 상상할 수 있었다.

"이게 뭐지……?"

메이플이 기묘하게 생각하기 전에 악마가 다시금 공격했다.

"모처럼 천사의 힘을 가진 여자에게 들러붙었는데. 방해를 했단 말이지!"

"그야 보통은 돕잖아! 우우, 너무 빨라……!"

메이플은 이번에도 회피할 수 없어서 맞았다.

"사슬이 늘었어……!"

아무튼 사슬이 좋지 않은 것이라고 결론을 내린 메이플은 악마의 공격을 막아내자고 생각했다.

"【발모】!"

새하얀 털구슬이 황량한 잿빛 대지에 출현했다.

메이플은 양털 내부로 들어가서 악마의 공격을 피하면서 사슬을 확인했다.

"너에게 천사의 힘이 이어졌다면 그것을 빼앗으면 된다!"

"흐응! 이 안에 있으면 무섭지 않은걸! 어어, 응…… 【주박】…… 처음 듣는 상태이상이네."

메이플은 그 상태이상을 자세히 확인했다.

【주박】은 최대 다섯 번 걸리고, 다섯 번 걸린 상태가 되면 모든 능력이 25퍼센트 저하되는 것이었다.

"그럼 나는 지금 두 번 맞았으니까 10퍼센트 내려갔나?"

【주박】은 한 단계마다 2분의 효과시간이 있고, 두 단계까지 진전된 메이플은 회복될 때까지 4분 걸린다.

"그럼 여기에 있어야지."

메이플은 몸의 사슬이 사라질 때까지 양털 안에서 대기한 뒤, 사슬이 사라지자 털구슬 위로 머리를 내밀어 시럽을 불러내서 평소처럼 하늘로 날아갔다.

"【거대화】!"

시럽을 10미터 높이로 띄우고 고개를 아래로 슬쩍 기울였다.

메이플은 악마가 메이플의 양털을 때리는 것을 확인하고 시럽에게 명하기 위해 소리쳤다.

"【정령포】!"

메이플의 목소리에 반응하여 아득한 상공에서 굵직한 레이저가 발사됐다.

상대의 공격이 닿지 않는 상공에서의 일방적인 공격.

그것은 대지에 빛을 뿌리고 악마를 삼켰다.

"으음, 터프하네⋯⋯. 10퍼센트밖에 못 깎았어."

여기라면 전력을 낼 수 있다는 말이 사실이었는지, 악마는 대미지를 아랑곳하지 않고 한층 공격력과 속도를 올려서 메이플을 계속 공격했다.

메이플은 그 공격을 여러 번 버티는 적이 별로 없을 만큼 방패 유저답지 않은 공격력을 가졌고, 애초에 기준을 잘 모르는 탓도 있어서 【10퍼센트밖에】라고 판단했지만, 충분하고 남을 위력이다.

메이플은 다시금 양털 안으로 들어가서 생각하기 시작했다.

"팔만 내놓고 【히드라】가 좋을까? 하지만 악마면 독이 안 통할 것 같아."

독 털구슬이 되면 시럽을 탈 수 없어지기 때문에 여기서 움직일 수도 없어진다.

그건 피해야 하므로 독은 신중하게 써야 한다.

메이플은 옆으로 머리와 초승달을 내놓고 악마를 기다렸다.

악마는 메이플의 머리를 때리려고 했지만, 메이플의 머리는 검마저 튕겨낸다.

주먹이 효과적으로 통할 리가 없다.

"【히드라】!"

초승달에서 나온 히드라가 악마를 삼키고 날려버렸다.

"역시 독은 안 먹히나."

독의 추가 대미지는 없지만, 히드라가 명중하면서 대미지가 들어갔다.

안 쓰는 것보다는 훨씬 낫다고 하지만, 효율은 좋지 않았다.

"시럽에게 맡기자."

【주박】을 받은 메이플은 만일을 위해 양털 안으로 돌아갔다.

몇 분마다 【정령포】를 한 번씩 쏘아서 악마의 HP 게이지는 절반 정도로 떨어졌다.

"【정령포】!"

시럽의 정령포가 악마를 삼켰다.

동시에 악마의 HP 게이지가 드디어 절반 이하가 됐다.

"큭…… 으아아! 뭉갠다! 뭉개버린다!"

악마의 몸을 검은빛이 감싸고, 몸이 부풀어 모습이 변한다.

팔다리가 커지고 근육이 부풀었으며, 숫자가 늘어났다.

목이 길어지고 얼굴이 없어져서, 그 머리에는 침을 질질 흘리는 거대한 입만이 존재했다.

추악한 모습으로 변한 검은 악마가 외쳤다.

"크르르…… 크아아아!"

"이, 이상하게 생겼어!!"

메이플도 이 모습의 괴물에게 호감을 가질 수는 없었다.

"케케케! 그아!"

입에서 시커먼 화염이 뿜어져 나왔다.

그것은 메이플을 삼키고 양털을 다 태워버렸다.

"어?! 이 양털, 타는 거야?!"

양털이니까 타는 건 지극히 당연하다고 할 수 있다. 아무리 방어력이 높아졌다고 해도 양털 자체에 정해진 성질은 변하지 않는다.

메이플을 지키던 양털의 벽은 사라지고, 메이플이 지면에 떨어졌다.

악마가 크게 입을 벌리고 다가왔다.

메이플은 재빨리 도망가려고 했지만 늦었다.

"으아아."

"아……."

메이플은 머리부터 한입에 꿀꺽 잡아먹혔다.

방패와 단도가 그 자리에 툭 떨어졌다.

"키히히히히!"

악마는 기쁜 듯이 이상한 소리로 웃었다.

잡아먹힌 메이플은 좁은 공간을 이동하고 있었다.

"우…… 좁, 아! 우와?!"

갑자기 발을 디딜 곳이 사라지고, 액체 속에 풍덩 떨어졌다.

메이플은 가라앉지 않도록 근처에 떠 있는 뭔가를 붙잡았다.

"우와……. 여기는 위장 속으로 치는 걸까? ……그보다 갑옷이 녹기 시작하는데?!"

메이플은 당황했지만, 잠시 뒤에 자기 자신은 녹지 않는 것을 깨닫고 진정하여 주위를 관찰했다.

"으음……. 공격 수단이 없네. 아니, 꼭 그렇지도 않은가."

메이플이 중얼거렸다.

이 보스를 만들 때 운영진은 통째로 삼키는 공격을 아주 위력이 강한 공격으로 설정했다.

삼켜진 뒤로는 큰 대미지를 계속 받고, 마지막에는 맹독의 풀장에 떨어진다는 식이었다.

또한 때때로 위장이 수축하기 때문에 독의 풀장에서 살아남아도 압살당한다.

본래 다리가 느린 방패 유저가 재빠른 적의 삼키기 공격을 기술로 회피해야만 한다.

그걸 메이플은 엄청난 방어력과 【독 무효】로 정면 돌파했다.

탱커가 세 명은 죽었을 대미지에도 멀쩡하고, 독의 풀장에 떨어져도 그냥 온탕이다.

아니, 조금 식은 목욕물이다.

게다가 도저히 살아남을 수 없을 이 최종지점에서 메이플은 갑옷이 녹는 바람에 더 강해졌다.

"잡아먹혔지만…… 쓰러뜨리면 나갈 수 있는 거지?"

그렇게 말하고 메이플은 꿈틀거리는 벽을 향해 독 풀장을 헤엄치기 시작했다.

메이플이 잡아먹힌 지 한 시간.

악마의 HP 게이지는 계속 줄어들고 있었다.

그와 함께 행동 패턴이 변하여 다양한 공격을 하게 됐지만, 문제의 적은 어디에도 없었다.

그래, 적은 몸 안에 있다.

"지금 어느 정도…… 우물, 우물…… HP가 줄었을까?"

메이플이 내장의 살을 뜯어 먹으면서 중얼거렸다.

이즈가 만들어준 대천사용 단도는 독 때문에 내구치가 쑥쑥 줄어들기 때문에, 공격에 쓰기를 포기했다.

시럽도 반지로 돌려보냈기 때문에 공격 수단은 이것밖에 없다.

"엄청 날뛰고 있겠지……?"

메이플은 벽에서 밀려나 휩쓸리면서 악마의 HP를 꾸준하게 깎아 나갔다.

그리고 또 한 시간.

메이플은 드디어 악마의 생명을 다 먹어치웠다.

그와 함께 악마의 몸이 빛으로 변해 흩어지고, 메이플이 지면에 떨어졌다.

"오오……. 휴우, 겨우 끝났네."

메이플이 방패와 단도를 주워들자 안내가 나왔다.

"【악마 포식자】인 줄 알았는데…… 【헌신의 자애】가 있어서 그런가."

이 스킬은 취득 조건에 【헌신의 자애】가 관련된 스킬이었다.

아무튼 메이플은 새로운 스킬을 입수했다.

그것도 새로운 공격 수단이 되는 것을.

"【흘러나오는 혼돈】…… 이건…… 으흠, 과연, 과연. 이것도 【히드라】랑 같은 느낌의 스킬이네. 쓰기 쉬울 것 같은데?"

이 스킬은 세 가지 스킬이 내포되어 있었다.

메이플은 스킬을 확인하자 망설임 없이 그것을 갑옷에 세팅했다. 빈 슬롯을 유용하게 활용해야 한다.

"그럼…… 돌아가서 시험해 볼까."

그렇게 중얼거리는 메이플의 시야가 붉은빛으로 뒤덮이고, 빛이 사라졌을 때는 이미 원래 있던 교회 안이었다.

"MP 소비가 없으니까 써 봐야지! 어디…… 【포식자】!"

메이플이 소리치자 발밑이 시커먼 빛으로 뒤덮이고, 거기서 시커먼 뭔가가 두 개 튀어나왔다.

길이는 3미터 정도.

그것은 아까 변신한 악마와 비슷하게 생겼다.

커다란 입이 끝에 달려 있지만, 악마와 달리 팔다리는 없었다. 뱀 같은 모습으로 지면에서 직접 생겨난 것이다.

"……움직이나?"

메이플이 앞으로 움직이자 지면의 검은빛과 함께 두 마리가 따라왔다.

"그럼 가자!"

메이플이 교회에서 나갔다.

낡은 교회에서 갓 태어난 악마가 나갔다는 소리다.

걸어가던 메이플은 도중에 어떤 사실을 깨달았다.

"아! 몬스터가 나오면 알아서 잡아 주는구나!"

메이플의 양옆에 있는 괴물들은 그 몸이 닿는 범위에 있는 적을 알아서 씹어먹었다.

그리고 메이플과는 HP나 공격력이나 방어력 등이 별도인지, 화력과 속도는 충분했다.

또 그 공격에는【주박】효과가 있었다.

"그럼…… 다음은 MP를 쓰는 스킬을 써 볼까…….【흘러나오는 혼돈】!"

메이플이 스킬을 쓰자 메이플의 몸에서 검은빛이 넘쳐나서, 양옆의 괴물이 더 커진 듯한 형태를 만들더니【히드라】처럼 전방으로 발사됐다.

만약 플레이어와의 전투할 때 불쌍한 플레이어가 이것을 맞으면, 그 플레이어는 직경 2미터나 되는 입이 자기를 삼키러 덤비는 것을 보게 되리라.

사거리도 충분했다.

"마지막 것은…… 나중에 할까. 그럼【봉인】."

【포식자】를 봉인하는 말을 꺼내 눈에 띄는 두 마리를 어둠 속으로 되돌린 다음, 메이플은 마지막 스킬의 테스트를 다음 기회로 돌리고 숲을 걸어갔다.

"제3회 이벤트…… 어떻게 할까. 더 안 해도 될까……."

메이플은 제3회 이벤트에 흥미를 잃었기 때문에, 결국 마지막까지 소를 몇 마리 더 잡는 데 그쳤다.

그 뒤에 메이플이 딱히 뭘 하는 일도 없이 평온하게 제3회 이벤트가 막을 내렸다.

그리고 제3회 이벤트가 끝난 뒤 길드 홈에 전원이 집합했다.

"하아……. 힘들다."

사리가 의자 등받이에 체중을 맡겼다. 어지간히 지쳤는지 기운이 없었다.

"그래……. 나도 그렇다."

카스미가 책상에 푹 엎드렸다.

사리와 카스미는 특히나 많은 소를 잡았기 때문에 피로도 컸다.

다음은 크롬, 카나데 순이었다.

메이플은 전혀 지치지 않았다.

이즈를 제외하면 메이플은 토벌 최하위고, 마지막에는 숲 안쪽의 눈에 띄지 않는 장소에서 【포식자】와 놀았을 뿐이라서 지칠 리가 없었다.

"메이플은 이번에 성적이 별로였지."

"별로 내키지 않아서……."

"뭐, 어쩔 수 없지. 우리 같은 플레이어에게는 힘든 이벤트였고."

크롬의 말처럼 【AGI】가 낮으면 힘든 이벤트였다.

메이플이라면 더더욱 그렇다.

"하지만 우리는 길드 보수에서 상한까지 갔어."

카나데가 말했듯이 메이플이 부족했던 분량을 다른 네 사람이 보조했기 때문에 최고 보수까지 도달했다.

"보수라면 길드 홈에 들어왔어."

그렇게 말하며 이즈가 보수를 꺼냈다.

그것은 벽에 걸 수도 있는, 소 머리 모양의 박제였다.

【단풍나무】에 소속된 멤버의 【STR】을 3퍼센트 올려 주는 효과가 있다.

"중첩이 가능하대."

"음, 그렇군."

"나한테는 의미 없나……. 아니, 그래, 있어!"

메이플이 그렇게 말하자, 카나데를 제외한 네 명의 안색이 변했다.

메이플의 【STR】은 0일 터라서, 의미가 있다는 게 이상하다.

그렇기 때문에 네 사람은 모두 같은 생각에 도달했다.

"메이플……. 이번 이벤트 동안 어디 갔었던 거야?"

"2층에 있었는데? ……아마도."

메이플로서는 그 회색 세계가 2층이라고 해도 좋을지 알 수 없었다.

메이플이 그렇게 말하자, 사리와 카스미가 이마에 손을 대며 체념하는 표정을 했다.

크롬과 이즈도 막지 못했다고 생각했다.

"……조만간 제3층이 추가된다고 하니까. 가능하면 그때 던전 공략에서 보여줘."

이미 전원이 메이플이 뭔가 저질렀다고 눈치챘다. 평범하다고 할 수 없는 스킬의 기운을 느낀 것이다.

사실 그것은 정확했다.

다만 그 스킬은 【포식자】도 【흘러나오는 혼돈】도 아니라, 메이플이 그 자리에서 쓰기를 주저한 다른 스킬이었다.

3층 추가는 사흘 뒤로 다가왔다.

3층이 추가되고 며칠 뒤, 메이플 일행은 3층으로 통하는 던전에 와 있었다.

이즈도 포함하여 6인 파티다.

파티는 최대 8명이라서, 지금 멤버라면 전원이 한 파티에 들어갈 수 있었다.

이 멤버라면 현재 어떤 던전이라도 유린할 수 있겠지.

실제로 도중에 사리와 크롬과 카스미를 카나데가 지원하는 형태로 충분하고 남았다.

도중에 메이플은 한 번도 전투에 참가하지 않고, 이즈를 지키는 것에만 집중했다.

"좋아, 보스방이다."

"얼른 공략할까."

"음, 그러자."

그렇게 말하며 카스미가 문을 열고 전원이 안에 들어갔다.

그러자 방 안쪽에 보스가 출현했다.

보스는 커다란 나무처럼 생겼는데, 줄기 부분이 얼굴 모양이었다.

마찬가지로 나무 계열의 몬스터였던 1층 보스는 가지에 열린 과일로 장벽을 만들었기 때문에, 1층을 돌파한 일행은 1층 보스처럼 나무에 과일이 있을까 싶어서 확인했지만, 그럴듯한 것은 보이지 않았다.

"그럼 내가 갈게. 【도발】!"

메이플이 보스 쪽으로 향했다.

보스는 뿌리나 가지를 뻗어서 공격했지만, 메이플에게 그것이 통하지 않았다.

그러는 사이에 메이플이 보스의 바로 밑까지 다가갔다.

"【포식자】【히드라】【흘러나오는 혼돈】!"

메이플의 주위에서 괴물이 모습을 드러내고, 히드라가 줄기를 마구 오염시키고, 마지막으로 튀어나간 괴물의 입이 줄기를 씹었다.

HP 게이지가 푹푹 줄어들었다.

두 괴물의 공격도 멈추지 않았다. 연비는 나쁘지만, 한판 승부인 보스전에서는 신경 쓸 필요가 없다.

나무 보스는 분노를 드러내며 두 괴물을 공격했다.

"【헌신의 자애】!"

메이플의 HP가 감소하고 천사의 날개가 현현했다. 메이플은 두 마리가 받아야 할 대미지를 대신 가져가서 무효화했다.

메이플은 재빨리 포션을 꺼내어 HP를 회복했다.

나머지 다섯 명은 이 모습을 구석에서 지켜보았다.

"저건…… 저건 뭐지? 어떻게 봐도 이미 몬스터에 가깝잖아……. 내 눈에는 그렇게 비치는데."

"그래……. 그런 느낌일까……."

"볼 때마다 부속품이 늘어나는 건 왜일까……."

"평소랑 같아서 안심했어."

"아군이라면 좋아……. 아군이라면."

그렇게 말하며, 멤버들은 메이플의 이번 변화를 받아들이려고 했다.

하지만 메이플에게는 아직 남은 스킬이 하나 더 있었다.

메이플은 이번에 그걸 시험해 볼 작정이었으니까 쓰지 않고 끝낼 수는 없었다.

"좋아……【포학(暴虐)】."

작게 중얼거린 메이플의 몸을 검은 광채가 뒤덮었다.

그리고 시커멓고 굵은 빛기둥이 천장을 향해 솟더니, 실체를 가지고 메이플의 양옆에 있던 괴물과 비슷한 모습이 됐다.

다른 거라면 팔다리가 여러 개 달렸다는 점이었다.

그와 동시에 메이플의 양옆의 괴물은 사라졌다.

그 괴물이 나무 보스에게 돌진하여 붙잡더니, 그 입에서 불길을 내뱉었다.

나무는 불이 잘 통하는지, 괴물을 쓰러뜨리기 위해서 뿌리나 가지, 나중에는 마법까지 써서 공격했다.

하지만 나무 보스는 괴물을 쓰러뜨리기는커녕 상처 하나 낼 수 없었다.

괴물은 손톱으로 줄기를 가르고, 걷어차서 구멍을 내고, 입밖에 없는 머리로 물어뜯었다.

잠시 동안 둘은 그렇게 싸웠지만, 결국 견디지 못하고 나무 보스가 쓰러졌다.

괴물은 일행을 향해 비틀비틀 걸어왔다.

경계하는 다섯 명을 향해 괴물이 입을 들이댔다.

"음……. 이거 조작이 어려워!"

그렇게 말하는 괴물을 보고 전원의 생각이 정지했다.

"메, 메이플?"

"응, 그런데?"

노이즈 섞인 목소리로 말하는 괴물의 정체는 메이플이었다.

모두가 당황하는 가운데 사리가 메이플에게 원래 모습으로 돌아올 수 있냐고 물었다.

"으음……. 잠깐 기다려."

그렇게 말하고 몇 초 뒤에 복부가 좍좍 갈라지며 메이플이 툭 떨어졌다.

메이플이 괴물에서 나오자 괴물의 모습은 무너져서 사라졌다.

먼지를 털어내는 메이플에게 멤버들이 다가갔다.

"되는 데까지 설명해 준다면 기쁘겠는데……."

사리도 이번에는 정말 허용 범위를 넘었는지 당황한 표정을 했다.

"그게 있지…… 이건 장비 효과가 완전히 없어지는 대신 【STR】과 【AGI】가 50 오르고 HP가 1000이 되는데, HP가 떨어지면 원래 상태로 돌아오기만 하는……."

디메리트는 장비의 능력치 상승이나 장비의 스킬을 쓸 수 없게 되는 것, 그리고 하루에 한 번밖에 쓸 수 없다는 정도였다.

이 스킬로 메이플은 죽기 직전의 긴급회피 수단이 생겼다.

"으음……. 드디어 정말로 인간을 그만두었나."

"그래, 그만뒀군. 이건 틀림없어."

비유가 아니라 메이플은 괴물이 될 수 있게 됐다.

"조작이 어려워서…… 왠지 엄청 큰 인형옷을 입은 느낌?"

메이플은 그 상태로 세밀한 조작이 불가능한 것이다.

"뭐……. 그 이전에도 꽤나 이상했지만."

사리는 괴물이 두 마리 생겨난 즈음부터 이미 이번에도 큰일이라고 느꼈다.

"나라도 이게 보통이 아니란 것 정도는 알겠어."

"으음……. 시럽에 타는 것보다 빨라……."

"나는 그걸로 이동하는 건 관두는 게 낫다고 생각해."

그건 이미 몬스터를 데리고 다니는 소녀라는 광경이 아니라, 흉악한 몬스터가 갑자기 필드를 돌아다니기 시작했다는 쪽에 가깝다.

"산속에서 연습해서 전투에 써먹을 수 있게 해 둘게."

"본 사람이 오해하겠네……."

이미 취득했으니 어쩔 수 없다.

3층을 향해 걸어가는 메이플을 쫓아서 다른 멤버들도 걷기 시작했다.

3층 마을은 어둑어둑한 하늘에 뒤덮인, 기계와 도구의 마을이었다.

【단풍나무】멤버들이 3층 마을에 도달하며 깨달은 게 있었다.

그것은 분명한 차이이며, 누구든 알 수 있는 것이었다.

"다들 하늘을 날고 있네."

메이플의 말처럼 대부분의 플레이어는 다양한 기계로 하늘을 날고 있었다.

"무슨 아이템인가?"

"으음……. 저거 아냐?"

사리가 가리킨 곳에서는 골드를 내고 살 수 있는 여러 종류의 기계가 있었다. 보고 있는 동안에 한 플레이어가 푸른 불이 켜진 기계를 구입하여 등에 메고 하늘로 날아갔다.

"또 이상한 층이 될 것 같군."

"그래. 우리도 하늘을 날아서 탐색하겠지."

3층 마을의 상태를 안 【단풍나무】 멤버들은 3층의 길드 홈으로 향했다.

5장 방어 특화와 스카우트.

【단풍나무】 멤버 여섯 명은 3층의 길드 홈에 들어가서 방이나 가구 등을 확인했다.

구조를 파악한 전원은 잠시 뒤에 오픈 스페이스에 모였다.

"오, 메이플! 이야기할 게 좀 있는데."

"뭔가요, 크롬 씨?"

"지금 운영진에게서 메시지가 도착했어. 기간 이야기는 없지만, 길드 대항전 이벤트가 있으니까 준비하라는데. 그래서 말인데……."

"뭔가요?"

"시간가속이 있다나 봐. 당일 결원이 나올 가능성을 생각하면 길드 멤버를 늘리는 것도…… 괜찮을 것 같아."

크롬의 말도 지당했다. 현재 【단풍나무】는 비전투원인 이즈를 포함해서 여섯 명이다.

결원이 생기면 이벤트 공략이 힘들어질 게 틀림없다.

"으음……. 그렇네요. 예, 저도 그게 좋다고 봐요."

메이플은 크롬의 의견에 동의했다.

메이플이라도 인원 부족에 따른 폐해를 이해하기 쉬웠다.

"내 지인을 부를 수도 있지만…… 길드 마스터에게 맡겨야 할 테니까."

지인 중에는 메이플을 조용히 지켜보는 게시판 사람들도 포함되어 있지만, 크롬은 길드 마스터가 아니기 때문에 억지를 쓸 생각이 없었다.

"그럼 내일 나랑 같이 스카우트하러 갈래?"

사리가 그렇게 말하며 메이플의 어깨를 두드렸다.

"으음……. 그래! 가자!"

메이플과 사리는 내일 새로운 멤버를 찾으러 가기로 했다.

다음 날, 두 사람은 인재 발굴을 위해 마을을 걷고 있었다.

"어떻게 찾지?"

"일단 게시판을 보러 가자. 길드원 모집이나 파티원 모집 같은 게 다양하게 적혀 있어."

"그럼 거기로 가자."

메이플은 사리의 뒤를 따라가듯이 게시판이 있는 장소로 향했다.

게시판이 있는 장소에 도착한 메이플은 내용을 대충 읽어 봤다. 새로운 항목부터 훑어보자, 거기에는 【공격특화 모집】, 【독 내성 필수】 같은 글이 대량으로 적혀 있었다.

"지금은 공격특화가 인기구나. 역시 호쾌하네!"

"……뭐, 그래."

사리도 게시판을 보았지만, 바로 전력이 될 만한 사람은 애초에 여기서 파티를 모집하지 않는다.

"으음……. 틀렸어. 1층의 저렙 플레이어 정도밖에 없어."

사리가 그렇게 말하며 게시판 열람을 그만두자, 메이플도 함께 물러났다.

"그럼 1층으로 가볼까? 어쩔까……?"

사리는 1층에 가도 전력을 얻을 수 있을 가능성이 낮다고 보았지만, 아무것도 안 하면 얻을 것도 없다고 생각했다.

"응, 가자. 여기에 있는 것보다는 나을 거야."

두 사람은 3층에 오자마자 바로 1층으로 돌아가게 됐다.

메이플과 사리가 오래간만에 1층 마을을 걷고 있는데, 메이플이 어떤 사실을 깨달았다.

"왠지…… 걸음이 느린 사람이 많지 않아?"

메이플의 말처럼 걸음이 느린 플레이어가 여기저기서 보이게 됐다.

"메이플의 영향으로 스텟을 몰아주는 사람이 많으니까."

"어? 그래?"

"그리고 그 대부분이 그렇게 키우다가 포기하지."

사리는 현재 상황을 파악하고 있었다.

메이플은 당연히 그걸 모르기에 사리의 말에 놀랐다.

"어?! 왜?"

"제대로 회피도 못 하지, 그런데 HP도 낮지, 그 밖에도 문제가 많지만…… 제일 큰 문제는 그렇게 극단적으로 몰아준 플레이어가 아무것도 못 한다는 사실이 재인식되면서 길드나 파티에 들어가기 힘들어졌기 때문일까, 재미도 확 줄고."

현재 극단적인 스텟으로 살아남은 강력한 플레이어는 메이플뿐이다.

메이플을 재현하는 것은 불가능하기에, 최근 급증했던 올인 스타일의 플레이어들은 누구도 메이플을 따라잡을 수 없다.

"조금 미안한 짓을 했네……."

"신경 쓸 것 없어. 누구든 강한 사람을 동경해. 이번에는 그게 잘 안 됐을 뿐이야."

"응……. 하는 수 없구나."

"아……. 아무튼 게시판에 우리도 모집 글을 써 보자."

"응, 그래."

그런 작업은 메이플보다도 사리에게 잘 맞기 때문에, 사리가 게시판 쪽으로 향했다.

혼자 남은 메이플은 우연히 비어 있던 벤치에 앉아서 사리를 기다리기로 했다.

"아……. 내가 영향을 줬구나……."

메이플은 올인 스타일의 플레이어들이 걱정됐다.

그렇기 때문에 관련된 단어에 민감해졌다.

"우우……. 또 파티 참가를 거절당했어……. 역시 올인은 안 되나……."

"기운 내, 언니! ……아직 별로 안 키웠으니까 처음부터 다시 할까?"

"하지만……."

오른쪽에서 목소리에 들려서 그쪽을 돌아본다.

메이플이 벤치에서 일어나서 아직도 이야기 중인 두 소녀에게 다가가 말을 걸었다.

"안녕! 저기…… 잠깐 괜찮을까?"

메이플이 말을 걸자, 두 사람이 동시에 돌아보았다.

두 사람은 키와 얼굴과 무기가 완전히 일치했다. 누구든지 처음 보면 쌍둥이라고 느낄 모습이었다.

다른 점은 격려하던 플레이어가 백발이고, 격려받는 쪽이 흑발이라는 점뿐이었다.

백발 쪽의 플레이어가 메이플에게 대답했다.

"어…… 뭐, 뭔가요?"

"으, 으음……."

메이플은 말문이 막혔다. 애초에 말을 건 이유도 애매모호했다. 좌우지간 스테이터스 올인에 한탄하는 플레이어를 붙들어 두고 싶었다.

"우리 바쁘거든요……."

"어, 어어……. 그, 그래! 우리 파티, 아니, 길드! 길드에 안

들어올래?!"

"……예? 아니, 고맙긴 하지만…… 당신 고렙 플레이어잖아요? 장비만 봐도…… 괜찮아요?"

소녀는 메이플과 비교할 때 거의 초기장비인 자기들이 어울리지 않는다고 느꼈다.

"괜찮아, 상관없어! 난 길드 마스터니까! 그리고 아직 여유도 있어."

일단 메이플의 판단으로 가입 멤버를 정할 수 있다.

두 사람을 넣는다고 뭐라고 할 플레이어는 【단풍나무】에 없다.

"나 왔어, 메이플……. 어? 걔들은 누구야?"

"아, 어서 와, 사리! 여기 두 사람은 내가 스카우트했어!"

"과연……. 메이플이 좋다면 나도 상관없어. 게다가 메이플 혼자서 한 선택이 평범할 리가 없고."

"어……. 그, 그래?"

"응, 그럼 1층 길드 홈으로 가자. 거기서 이야기할까."

"그래. 그럼 따라올래?"

""어, 어어, 예.""

걷기 시작한 메이플과 사리의 뒤를 두 사람이 따라갔다.

포기하기 일보 직전이었던 두 소녀에게 하늘에서 내려온 구원의 손길.

그것이 유일하게 성공한 올인 스타일 플레이어와의 운명적
만남이었다.

메이플 일행 네 명은 1층의 길드 홈에 들어가서 마주 앉아 이
야기를 시작했다.

길드 홈에 들어오기 전에 사리는 재빨리 게시판에 쓴 글을
지우러 갔기에, 일단 더 이상 새롭게 플레이어를 모집할 일은
없어졌다.

이런 대화는 메이플이 아니라 사리가 대응하니까, 사리의
질문으로 간단한 정보를 입수했다.

백발 플레이어의 이름은 유이, 흑발 플레이어의 이름이 마이.

레벨은 둘 다 4에, 스킬은 하나도 없었다.

두 사람의 무기는 대형망치인데, 키가 작은 두 사람의 1.5배
는 될 듯한 해머였다.

"어어······. 두 사람 다 올인 스타일이지?"

메이플이 두 사람에게 확인했다.

"예, 저도 언니도 【STR】 올인이에요."

두 사람이 【STR】 올인을 한 이유는 현실에서는 체력이나 근
력이 부족하기 때문에 게임 안에서는 마음껏 움직이고 싶었
기 때문이다.

"끙……. 왠지 메이플하고 비슷한데?"

"아하하……. 맞아."

메이플도 두 사람과 비슷하게 게임 안에서의 유리함이나 불리함에 얽매이지 않았다.

메이플을 몰랐던 것도, 메이플을 동경해서 올인한 게 아니었기 때문이다.

"메이플 씨도…… 올인인가요?"

"응, 그래. 【VIT】 올인!"

그렇게 말하자 두 사람은 놀랐다.

올인으로 성공한 플레이어를 본 적이 없었기 때문이다.

"뭐……. 메이플은 좀…… 참고가 안 되려나…….."

메이플도 짚이는 데가 있는지 반론하지 않았다.

"어때, 사리? 가입시켜도 되겠지?"

"응, 좋을 거야. ……【STR】 올인도 메이플이 있으면 단점이 아니게 되고…… 한 달 내로 레벨을 올리면 어떻게든 되려나."

사리의 허가도 얻어서 유이와 마이의 가입이 결정됐다.

메이플이 두 사람을 등록해서, 두 사람은 【단풍나무】의 일원이 됐다.

이렇게 됐으면 현재의 【단풍나무】의 활동 장소인 3층까지 두 사람의 행동 가능 범위를 넓히고 싶다.

"오늘 시간 있어?"

"아, 예. 괜찮습니다. 언니도 괜찮지?"

"예, 저도 괜찮아요."

"그럼 나랑 메이플과 함께 단숨에 3층까지 가자."

""에, 에엣?!""

놀라는 두 사람을 데리고 메이플과 사리는 마을 밖으로 향했다.

마을 밖에 나간 사리가 메이플 쪽을 돌아보며 말했다.

"메이플, 항상 하던 걸로."

"오케이!"

사리의 말대로 메이플은 시럽을 불러냈고, 놀라는 두 사람을 시럽의 등에 태워서 하늘로 날아올랐다.

"떨어지지 마."

메이플은 두 사람에게 그렇게 주의를 주었지만, 두 사람은 계속 놀라다 보니 넋이 나간 상태였다.

"이제 시작이야……. 익숙해져야 할걸."

사리가 일단 앞으로의 예정을 생각하기 시작했다. 메이플만이 아니라 【단풍나무】는 극단적인 능력을 가진 멤버가 많으니까 놀랄 일이 많을 게 틀림없다.

메이플에게 적응한다. 이것이 【단풍나무】의 신입이 가장 먼저 해야만 하는 일이었다.

네 사람은 얼른 2층으로 이어지는 보스방에 가서 문을 열고 안에 들어갔다.

"우우……. 죽으면 사과할게요."

마이가 중얼거렸다. 고생시키고 싶지 않다는 마음이 전해졌다.

"아……. 그럴 일은 없어."

"【헌신의 자애】!"

그렇게 말한 메이플의 머리 색깔이 변하고 천사의 날개가 생겼다.

당연히 두 사람의 머리 회전이 정지했다.

이제 뭐가 어떻게 되는지 모르겠다는 느낌이다.

"이번에는 내가 할 테니까. 앉아서 기다려."

"오케이! 열심히 해."

메이플이 그렇게 말하더니 두 사람을 데리고 구석으로 이동했다.

"…………아! 꽤, 괜찮은 건가요?! 사리 씨 혼자서! 보, 보스인데요?"

유이가 메이플에게 다가와서 말했다.

"괜찮아, 괜찮아. 난 사리가 대미지 입는 걸 본 적이 없어."

""……예?""

"시작할 거야."

메이플이 가리킨 방향에서는 오보로를 불러낸 사리가 사슴을 향해 달리고 있었다.

사리에게 같은 공격이 통할 리가 없어서, 몸을 비틀고 숙여 공격을 피하며 사슴에게 접근했다.

"오보로! 【그림자 분신】!"

사리가 그렇게 말하자, 사리의 모습이 다섯 개로 늘어나서 제각기 사슴을 향했다.

여기에는 메이플도 놀랐다.

"오보로는 저런 것도 할 수 있게 됐구나……."

"사, 사리 씨 대단하네요! 뭐, 뭔가요, 저 회피?! 게다가 분신했어요!"

유이가 흥분한 모습으로 메이플에게 말했다.

"글쎄……? 그건 나도 잘 모르겠어……."

그러는 사이에 사리를 감싼 공격력 상승 오라도 커졌다.

마법과 대거로 공격, 또 오보로의 화염 공격도 있어서 10분 정도 만에 사슴은 쓰러졌다.

전투를 마친 사리에게 세 사람이 달려갔다.

"오보로도 성장했구나."

"그래. 얼른 2층 보스도 해치우자."

네 사람은 바로 2층에 들어가서 그대로 던전으로 직행했다.

"이번에는 내가 안 싸울게."

"응, 오케이."

2층 보스는 메이플이 혼자 쓰러뜨리게 됐다.

사리의 그 말에 유이와 마이는 불안해졌다.

그것도 무리는 아니라서, 메이플은 방패 장비인 데다가 본인이【VIT】올인이라고 말했기 때문이다.

【헌신의 자애】의 방어 능력은 이해할 수 있었지만, 도중에 한 번도 전투에 참가하지 않은 메이플이 강하다고 생각하기 어려웠다.

그런 두 사람의 마음을 무시하고 메이플은 문을 열더니 보스에게 걸어갔다.

"역시 사리 씨가 돕는 편이……."

"저, 저도 그렇게 생각해요."

"으음. 신선한 리액션이네."

사리는 메이플을 걱정하는 플레이어를 처음 보았을지도 모른다.

그 정도로 메이플은 널리 알려졌다. 주로 위협으로.

"내 전투를 대단하다고 생각해?"

""어어……. 예.""

인간 같지 않은 회피 능력, 강력한 스킬.

사슴과의 전투는 백 명이 보면 모두가 다 대단하다고 할 전투였다.

"이제부터 두 사람은 이 세상의 것이 아닌 부조리한 뭔가를 보게 될 거야."

두 사람에게 집중하라고 말하며 사리 자신도 걸어가는 메이플을 보았다.

　두 사람은 잘 몰랐지만, 수십 초 뒤에는 전부 이해하게 됐다.

　"사리가 다 보여주라고 했으니까⋯⋯. 시럽!"

　메이플은 시럽을 불러내 거대화시켜 하늘로 떠올랐다.

　그동안 보스의 공격이 직격했지만 대미지는 없었다.

　"【히드라】, 【흘러나오는 혼돈】, 시럽 【정령포】!"

　나무 보스에게 머리 셋 달린 독룡과 괴물의 입과 빛나는 빔이 쏟아졌다.

　보스가 움츠러든 사이에 접근한 메이플이 대미지를 무효화하면서 방패를 휘둘렀다.

　【악식】이 줄기를 후볐다. 보스의 HP가 큰 기술에 팍팍 줄어들었다.

　그래도 메이플의 공격은 끝나지 않았다.

　"【포식자】! 【헌신의 자애】!"

　메이플의 양쪽에서 괴물이 모습을 드러내 보스를 물었다.

　메이플에서 천사의 날개가 나와서 괴물들을 지켰다.

　보스는 고함을 지르며 메이플과 괴물을 가지와 마법으로 공격했지만, 죄다 무의미하게 끝났다.

　"【포학】!"

　메이플에게서 피어오른 검은빛이 실체를 띠어 거대한 괴물의 모습이 됐다.

불을 내뿜고, 물어뜯고, 찢어서, 보스를 너덜너덜하게 만들었다.

일방적인 유린. 이미 누가 보스인지 알 수 없는 상황이었다.

"휴우……. 끝났네."

"메이플. 일단 원래 모습으로 돌아와."

"아, 미안, 미안."

메이플이 괴물의 복부에서 나오자, 괴물은 사라졌다.

"그럼 3층으로 가자!"

"그래."

사리가 대답을 하자, 메이플이 선두에 서서 걸어갔다.

사리는 유이와 마이 쪽을 보며 말했다.

"우리의 최고전력. 어때? 내가 평범하게 보이지?"

""…….""

처리능력을 오버해버린 두 사람은 얼떨떨한 얼굴로 그 자리에 가만히 서 있을 뿐이었다.

"하지만 메이플과 너희에게는 공통점이 있어. 어쩌면……너희도 저렇게 될지도."

사리는 중얼거리면서 유이와 마이의 손을 잡고 3층을 향해 걸어갔다.

6장 방어 특화와 강화.

　메이플은 3층 길드 홈에 도착해서 유이와 마이를 전원에게 새로운 멤버로 소개했다.

　유이와 마이는 일단 오늘은 이만 로그아웃하기로 했다.

　"둘 다 레벨은 다소 올랐지만 아직 부족하니까……. 음…… 메이플하고 다음에 언제 같이 로그인할 수 있을까?"

　세 사람은 차례로 로그인할 수 있는 날을 말하며 예정을 조정했다.

　"메이플, 잠깐 귀 좀 빌릴게."

　"응, 왜?"

　메이플의 귓가에 사리가 뭐라고 말했다.

　"…………오케이!"

　"그럼 준비해 둘게."

　"응, 알았어."

　유이와 마이는 메이플과 사리가 주고받는 말에 물음표를 띄우고, 그날은 해산했다.

시간이 흘러 예정대로 모인 세 사람.

그중 유이와 마이는 사리에게 아이템을 받았다.

"자, 너희한테는 이걸 줄게."

그렇게 말한 사리에게 유이와 마이는 머리 전체를 덮어서 가리는 머리 장비를 받았다.

"메이플의 지시에 따라서 써."

두 사람은 고개를 끄덕여서 답했다.

"그럼 따라올래?"

""아, 네!""

메이플과 두 사람이 길드 홈에서 나갔다. 뒤에 남은 사리는 사리대로 할 일이 있기 때문에 로그아웃할 수도 없다.

"크롬 씨도 나가나요?"

메이플과는 다른 목적으로 길드에서 나가려는 크롬에게 사리가 말을 붙였다.

"그래, 카스미는 이미 나갔어."

현재 계절은 여름이다. 그리고 여름 동안에는 모든 몬스터가 아이템 【수박】을 낮은 확률로 드롭한다.

이걸 모아서 길드에 서포트 성능을 붙일 수 있다.

즉, 스테이터스 상승이다. 이번 아이템으로는 【STR】, 【AGI】, 【INT】 스테이터스를 각각 최대 10까지 올릴 수 있다. 티끌 모아 태산이라고 하듯이, 이것을 매번 착실히 올리면 무시할 수 없는 수치가 되겠지.

"메이플은 두 사람의 레벨을 올리러 나갔으니, 우리는 길드를 강화해야지요."

"저 두 사람이 어떻게 되어 돌아올지…… 【유니크 시리즈】를 따러 갔다거나 한 건 아니지?"

"뭐, 일단은 레벨업이에요. 남들 눈에 띄지 않도록 1층으로 가라고 했지만……."

사리가 그렇게 말하는 데는 물론 이유가 있다.

그것을 크롬에게 말하자, 크롬도 맞는 말이라며 쓴웃음을 지었다.

메이플은 1층 중에서도 플레이어가 거의 없는 구역에 갔다.

그것은 과거에 메이플이 히드라와 싸웠던 던전 앞이다.

"이 던전을 공략하는 건가요?"

"응, 그래. 두 사람 다 그거 장비해."

두 사람은 메이플이 시키는 대로 장비했다.

이걸로 얼굴을 가려서 누군지 알 수 없는 상태가 됐다.

"【헌신의 자애】!"

메이플의 몸에서 천사의 날개가 나오고, 신성한 빛과 함께 머리 색깔도 변했다.

한 차례 본 적 있는 두 사람은 이번에는 놀라지 않고 예쁘다고 느낄 수 있었다.

"【포학】."

하지만 그 감동도 잠시.

메이플은 추악한 괴물로 변했다. 남은 것은 【헌신의 자애】의 효과뿐이었다. 날개도 사라졌다.

"올라타! 아, 보스한테는 일격을 넣고."

메이플과 달리 힘이 센 두 사람은 메이플이었던 것의 등에 매달렸다.

"아, 그리고 누구한테 들켰을 때 나는 괴물로 행세할 테니까 잘 부탁해!"

두 사람의 얼굴을 가린 이유는 두 사람을 통해서 길드를, 길드를 통해서 메이플을 특정하지 못하기 위함이다. 메이플이 변신한 뒤에는 몬스터로 인식하게 해서 그 정체를 캐내지 못하게 하려는 것이다.

비장의 카드는 길드 대항전 이벤트까지 숨겨야 한다.

""어?""

"크아, 크아아!"

그렇게 말한 메이플은 동굴 안으로 날아갔다.

그렇게까지 철저하게 할 필요는 없었지만, 그냥 분위기 때문이겠지.

도중의 몬스터를 밀어버리면서 보스방의 문을 열더니, 히드라를 향해 일직선으로 날아갔다.

불쌍한 히드라의 결말은 처음과 마찬가지로 물어뜯겨 쓰러지는 것이었다.

쓰러지기 전에 유이와 마이가 일격을 넣었기 때문에 유이와 마이의 레벨도 올랐다.

그리고 여기서부터가 중요하다.

메이플의 시야에는 이전과 달리 두 개의 마법진이 보였다.

하나는 마을, 하나는 던전 입구로 간다.

사리가 가르쳐 준 것으로, 두 번 이상 공략하면 던전 입구로 가는 마법진이 추가되는 던전이 있었다.

메이플은 던전 입구로 돌아가는 쪽을 택했다.

공략자가 던전에서 나갔을 때 보스는 부활한다.

그렇다. 이번 목적은 히드라 보스 던전을 반복해서 도는 것이다.

히드라 던전은 1층치고 난이도가 무식하게 높다.

또한 스테이터스를 올인한 유저가 늘어난 지금, 마을에서 멀리 있는 여기는 플레이어가 거의 얼씬거리지 않았다.

또한 히드라 던전은 보스방까지의 거리가 짧았다.

이것들이 메이플에게는 유리했다.

아무도 없는 던전을 무식하게 달려서 히드라를 잡아먹고, 찢는다.

유이와 마이의 레벨이 쑥쑥 올랐다.

루트를 기억한 메이플은 헤매는 일도 없고, 이 레벨대에서는 그 진격을 막을 수 없었다.

메이플은 대략 3분 남짓이라는 경이적인 속도로 던전을 계속 돌았다.

그렇게 돌아대던 메이플이 시간을 확인했을 때 어떤 감정이 생겨났다.

그래.

왠지 모르게 2분대로 하고 싶다는 마음이었다.

딱히 대단한 이유는 없었다. 하지만 몇 초만 더 줄이면 2분대가 된다.

메이플은 같은 행동을 반복하면서 다른 방향으로 즐거움을 느끼기 시작했다.

코너에서는 너무 크게 돌지 않고, 몬스터는 접촉하기 전에 불길로 쓰러뜨려서 감속을 줄인다.

보스방의 문을 얼른 열고, 보스를 전력으로 쓰러뜨린다.

이걸 의식해서 플레이하기를 몇 번, 메이플은 2분대에 도달했다.

그래도 아직 더 줄일 수 있을 것도 같았다.

그것은 히드라를 쓰러뜨리는 부분이다.

그건 유이와 마이에게도 열심히 공격시키는 것으로 줄일 수 있다고 생각했다.

그리고 그걸 실행하기를 몇 차례.

유이와 마이의 레벨업으로 공격력이 올랐을 때, 메이플 일행은 2분 30초를 끊는 데 성공했다.

"좋았어!!"

메이플이 노이즈 섞인 목소리로 외쳤다.

거기에 아무런 보수도 없었지만, 메이플은 달성감으로 가득했다.

""메이플 씨! 메이플 씨!""

"응? 왜?"

""이거…….""

두 사람이 스테이터스를 보여주기에 메이플은 그것을 들여다보았다.

얼굴 부분에 눈은 없지만, 왜인지 보였다.

"어어…… 【파괴왕】? 하고 【침략자】?"

"어어…… 【침략자】는 일정시간 이내에 보스를 정해진 횟수만큼 격파하면 나옵니다. 스테이터스의 【STR】이 많이 필요합니다. 【파괴왕】은 던전 클리어 타임이 원인입니다. 이것도 【STR】이 많이 필요합니다."

메이플은 【포학】으로 스테이터스를 올렸지만, 그것은 본래 스테이터스가 아니기 때문에 취득할 가능성이 없었다.

유이와 마이가 그 뒤에 자세히 이야기해 주었기 때문에 메이플은 여러 사실을 깨달았다.

> **【침략자】**
> 스킬 보유자의 STR이 2배가 된다.【VIT】【AGI】【INT】스테이터스를 올리는 데 필요한 포인트가 기본의 3배가 된다.
>
> **취득 조건**
> 일정 시간 이내에 보스를 정해진 횟수 이상 토벌한다.
> 요구【STR】100이상.

즉,【침략자】는【절대방어】의【STR】판인 것이다.

"으음……. 카스미는 필요 없겠고, 크롬 씨도 필요 없고, 사리도 디메리트 때문에 싫어할 것 같네."

공격에 올인한 멤버는 다른 스테이터스도 중요하기 때문에, 성장에 제한이 걸리는 스킬을 환영하지 않겠지.

"【파괴왕】은…… 뭔가 대단하네."

> **【파괴왕】**
> 양손 장비 슬롯을 필요로 하는 무기를 한 손으로 장비할 수 있다.
>
> **취득 조건**
> 일정 시간 이내에 던전을 클리어.
> 요구【STR】100이상.

즉, 대형망치 두 개를 쌍검처럼 장비할 수 있다는 소리다.

"조금만 더 돌고 돌아갈까."

""네!""

그렇게 히드라 던전을 셀 수 없을 만큼 돈 세 사람은 드디어 반복 공략을 마치고 던전을 나왔다.

메이플은 등에 태웠던 유이와 마이를 내리고 인간 모습으로 돌아와서 기지개를 쭉 켰다.

"휴우, 힘들었네. 하지만 꽤 재미있었어."

"저, 저기. 메이플 씨, 고맙습니다! 덕분에 레벨도 많이 올랐어요."

유이가 돌아보며 고개를 꾸벅 숙였다. 그걸 보고 마이도 마찬가지로 감사의 말을 하면서 고개를 숙였다.

"응, 잘됐네. 하지만 들은 바로는 더 레벨이 높은 사람도 있는 모양이고, 나는 아직 낮은 축이고…… 제일 높은 사람은 61이라고 사리가 그랬어."

"유, 육십……?! 저, 정말, 대단하네요……."

"언니는 지금 레벨이 몇이야?"

두 사람은 메이플의 말에 놀라 눈을 동그랗게 떴지만, 레벨 이야기를 들으니 연상됐는지 유이가 자기들은 어느 정도인지 물었다.

"유이랑 다를 것 없을 것 같은데…… 어어, 20이야."

마이는 아직 익숙하지 않은 모습으로 스테이터스를 열고 유이에게 보여주었다.

유이는 그걸 보면서 자기 스테이터스도 열었지만, 뭔가 떠오른 듯한 표정을 지었다.

"아, 그렇지! 메이플 씨한테 다시 스테이터스 보여주지 않을래? 언니도 괜찮지?"

"그래. 나도…… 응, 괜찮아."

마이가 그렇게 말하면서 끄덕였다.

두 사람은 메이플 쪽으로 다가가서 제각각 스테이터스를 보여주었다.

마이

Lv 20　HP 35/35　　　　MP 20/20

【STR　160〈+25〉】　【VIT　0】
【AGI　0】　　　　　　　【DEX　0】
【INT　0】

장비

머리　　【없음】　　　　몸　　　【없음】
오른손　【강철 대형망치】　왼손　　【강철 대형망치】
다리　　【없음】　　　　신발　　【없음】
장식품　【없음】
　　　　【없음】
　　　　【없음】

```
스킬
【침략자】【파괴왕】
```

```
유이
Lv 20    HP 35/35          MP 20/20

【STR   160〈+25〉】      【VIT   0】
【AGI   0】              【DEX   0】
【INT   0】
```

```
장비
머리    【없음】           몸       【없음】
오른손 【강철 대형망치】    왼손     【강철 대형망치】
다리    【없음】           신발     【없음】
장식품 【없음】
        【없음】
        【없음】
```

```
스킬
【침략자】【파괴왕】
```

두 사람의 스킬이나 스테이터스는 두 사람의 외모처럼 완전히 똑같았다.

"아, 전투 중에 스킬을 안 썼던 건 처음부터 없어서 그랬던 거구나."

"네……. 공격을 맞히기 전에 바로 쓰러져서 돈도 못 버니까 스킬 두루마리도 못 사고……."

"몬스터를 잡아서 구하는 스킬도 언니와 저한테는 구하기 어려워서, 길드에 들어갈까 했는데요……."

기본적으로 몬스터는 어느 정도 재빠르다.

메이플처럼 먼저 광범위하게 독을 뿌릴 게 아니라면, 어느 정도 공격을 막을 필요가 있다.

메이플의 경우 막을 필요가 없기 때문에 몬스터가 다가오는 것은 환영하지만, 유이와 마이는 그렇지 않다.

"아이템 채집을 하려고 필드에 나가도 몬스터에게서 도망치지 못해서 쓰러지고……."

"그러니까 캐릭터를 다시 만들까 하고 있었어요."

처음에 무기를 업그레이드하는 것부터 시작한 탓도 있어서, 지원이 없으면 힘든 상황이었던 두 사람은 메이플과 만나면서 크게 전진했다고 할 수 있다.

올인 상태로 진행할 수 있을 정도로 강해진 것이다.

"남은 건…… 이즈 씨에게 장비를 만들어 달래자. 어어, 잠깐 기다려."

메이플은 파란 패널을 불러서 장비를 바꾸었다.

그리고 메이플은 이즈가 만들어준 하얀 갑옷으로 바꾸었다.

"이게 최근 제작한 장비! 이거 말고도 방패도 만들었으니까, 두 사람의 장비도 부탁해 볼까?"

"괜찮을까요……. 우리는 돈도……."

마이가 소지금과 인벤토리 안의 소재를 확인하면서 조심조심 말했다.

유이와 마이의 인벤토리에는 여태껏 경험하지 못했을 만큼 소재가 모였지만, 그래도 메이플이 장비한 갑옷이나 방패의 화려함을 보면 아무래도 소지금이 부족할 것만 같았다.

유이도 그렇게 생각했는지 표정을 조금 흐렸다.

그런 두 사람에게 메이플은 미소를 보이면서 말을 걸었다.

"괜찮아, 괜찮아! 나도 돈이 없을 때 장비를 제공받은 적이 있고! 게다가 부족하거든 내가 도울게. 나도 사리의 도움을 받았어."

메이플은 【백설】을 만들었을 때를 떠올리면서 말했다.

"후후후, 할 일은 아직 많아! 하지만 일단…… 3층의 길드 홈까지 돌아갈까. 장비 문제도 있고!"

메이플이 리더답게 방침을 정하자, 두 사람도 동시에 고개를 끄덕였다.

"길드 사람들에게도 새로운 스킬 이야기를 해야겠어요!"

"그 스킬이 있으면 바로 전력이 될 거야."

"그랬으면…… 좋겠네요."

세 사람은 그렇게 이야기하면서 별로 사람이 없는 루트를 따라 돌아왔다.

세 사람이 길드 홈에 돌아오자, 마침 길드 홈에 돌아왔던 카스미와 사리가 대화를 나누고 있었다.

두 사람은 메이플 일행의 모습에 대화를 멈추고 다가왔다.

"어서 와. 어때, 메이플? 두 사람의 레벨은 올랐어?"

"물론! 아직 그렇게 높지 않지만…… 하지만 꽤 올랐어!"

"뭐, 아직 시간도 좀 있잖아? 단번에 3층을 돌 만큼 올리기는 힘들어."

메이플이 레벨을 20까지 올렸다고 말하자, 카스미와 사리는 그걸로 충분하다며 고개를 끄덕였다.

두 사람에게 익히게 할 스킬에 대해서 카스미와 사리에게 묻고 있을 때, 유이가 다가와서 주목을 모은 뒤에 말하기 시작했다.

"저, 저기, 우리는 일단 이 스킬을 배웠어요."

"음, 잠깐 볼게."

"나도 보도록 할까."

카스미와 사리가 유이의 스킬을 확인했다. 메이플의 도움을 받아 입수한 스킬은 앞으로 두 사람의 강화 방침을 대폭 바꿀 정도로 강력했다.

"어어. 그래, 알았어. 보여줘서 고마워."

"고맙군."

두 사람이 그렇게 말하며 유이에게서 떨어져서 메이플 쪽을 똑바로 보았다.

"어? 왜?"

"아니, 기대대로라고 할까, 기대 이상이라고 할까……."

"내 예상은 뛰어넘었다만……."

"아무튼 그 스킬이 있으면 나중 일을 좀 생각해야겠네."

사리는 유이와 마이를 본격적인 전력으로 치려면 시간이 좀 걸릴 거라고 생각했지만, 메이플의 손을 거쳐 두 사람이 충분히 전력 레벨이 됐기 때문에 생각을 바꾸었다.

"음, 【파괴왕】이라고 했던가? 그걸 위한 장비를 서둘러 준비해야겠네."

"아! 그렇지, 그렇지. 장비 문제도 있어서 돌아왔어."

"이즈는 안에 있을 거다. 내가 불러오지."

카스미가 안쪽으로 들어가더니 잠시 뒤에 이즈를 데리고 돌아왔다.

"어어, 유이랑 마이라고 했지?"

""예, 그렇습니다!""

"일단 스킬을 좀 확인해도 될까……."

두 사람은 이즈의 부탁에 스테이터스를 보여주었다. 극한까지 공격력에 특화된 능력치에, 공격을 위한 보조 스킬이 두 개 있을 뿐인 스테이터스가 이즈의 눈에 들어왔다.

이즈는 【파괴왕】 스킬 내용을 다 읽더니 고개를 끄덕였다.

"그래. 그럼 일단 하나…… 아니, 우리 길드라면 남으니까 이걸로."

이즈는 인벤토리에서 합계 네 개의 대형망치를 꺼내더니 두 사람에게 두 개씩 건넸다.

"이거 줄게. 일단 그걸 쓰렴. 조금이라도 잘 맞도록 만든 망치야."

유이와 마이는 제각기 자신들이 받은 대형망치의 능력을 확인하기 시작했다.

크리스털 해머
【STR +25】【체적 증가】

【체적 증가】
대상의 사이즈를 키운다.
효과시간 30초. 재사용 시간 1분.

간단히 말해서, 망치 머리를 키워서 명중하기 쉽게 해 주는 스킬이다.

두 사람의 공격은 맞기만 하면 치명상 레벨이기 때문에, 이 스킬은 유용했다.

"어, 괘, 괜찮나요?"

"그래요……. 이렇게 대단한 걸……."

"괜찮아. 나름 강하다고 해도 우리 길드에서는 그걸 쓸 사람이 없어서 남았으니까. 게다가……."

""게다가……?""

"더 좋은 장비를 만들어 줄게. 그 이야기도 하고 싶어."

뭐든지 다 제공해 주는 이즈에게 미안해져서 유이와 마이는 어쩔 줄 모르겠다는 표정으로 서로 얼굴을 살폈다.

"괜찮아. 지금은 받아 두렴. 선행투자 같은 걸까. 그만큼 언젠가 어디서 활약해 주면 돼."

이즈가 그렇게 말하자, 유이와 마이는 결의를 굳힌 듯이 끄덕였다.

""네! 꼭 도움이 되겠어요""

"후후, 그럼 일단 장비 디자인이라도 해 볼까. 안으로 올래? 어떤 장비로 할지 정하자."

이즈는 아까까지 있던 공방 쪽으로 걸어가기 시작했다.

"저기, 여러분. 감사합니다!"

"열심히 할게요……."

두 사람은 카스미와 사리와 메이플을 향해 나란히 고개를 숙인 뒤, 손을 흔드는 세 사람 앞에서 서둘러 길드 홈 안쪽으로 사라졌다.

"휴우……. 자, 메이플. 정말로 어떻게 단련하면 저렇게 되는 거야?"

"그래. 대체 어떻게 한 거지?"

"동굴을 【포학】으로 쓸고 다녔어! 몬스터는 돌진으로 쓰러뜨리고…… 열심히 속도를 내 봤어!"

메이플이 말하는 최선은 도저히 일반적으로 생각할 수 없는 게 많은 모양이었다.

요컨대 정석에서 조금 벗어난 것이다.

"아, 그리고 전투는 어떤 느낌이었어?"

사리가 메이플에게 묻자, 메이플은 고개를 갸웃거렸다.

"어, 그러니까 공격이나 회피 같은 게 어떤 느낌이었어?"

메이플은 사리의 질문에 대답하기 위해 던전을 돌 때의 일을 떠올리려고 했다.

"으음……. 그 드래곤은 별로 안 움직이니까. 하지만 별로 대단하지는 않았을지도? 두 사람도 몬스터를 쓰러뜨리기가 어렵다고 그랬고. 회피는, 으음…… 나랑 비슷한 정도?"

메이플이 떠올리면서 정보를 전했다.

사리는 그걸 듣고 어느 정도 예상대로라고 대답했다.

"【AGI】가 0이니까 회피는 어쩔 수 없을 거야. 방패도 없고. 그럼 내 역할은 어느 정도 회피, 그리고 공격일까."

메이플이 레벨을 올려 주었기 때문에, 사리는 기술 면의 레벨업을 담당하는 것이다.

"회피가 안 돼도 이 길드라면 살아남을 수 있을 것 같지만…… 할 수 있으면 더 좋으니까."

【단풍나무】에는 방패 유저 중 넘버원과 넘버투가 있다.

또한 메이플은 최근 【헌신의 자애】를 익혔기 때문에 방어성 능이 더 올라갔다.

계속 살아남을 수만 있다면 유이와 마이만큼 무서운 존재는 그리 없겠지.

"앞으로의 성장에 기대해 볼까."

"나도 잘 가르칠 수 있게 준비해야겠군."

"나도 내 레벨을 올려야 하고…… 바쁘네!"

"바쁜 정도가 재미있어서 좋지 않아?"

"그럴지도!"

할 일이 많아지고 있지만, 메이플은 더 즐거운 듯 웃었다.

세 사람이 이야기하고 있을 무렵에 유이와 마이는 이즈를 따라가서 이즈의 공방 앞까지 왔다.

"여기야, 들어와."

이즈가 문을 열고 안으로 들어갔다.

안은 널찍한 방이었다.

한쪽에는 이즈가 장비를 디자인하는 곳인 듯한 책상, 벽에 걸린 무기나 방어구, 그리고 대장장이 도구와 그 성과가 여럿 있었다.

또 다른 쪽에는 포션을 만드는 듯한 플라스크나 보석이나 크리스털이 든 나무상자, 뭔가를 키우는 화분에 미싱처럼 별의별 것을 다 만들 수 있는 도구가 있었다.

이즈는 의자를 두 개 가져오고, 자기도 작업책상 앞에 있는 의자를 빙글 돌려서 앉았다.

"자, 앉지? 어떤 장비로 할지 정해 보자."

"네!"

"잘 부탁드립니다."

"그래. 일단 알기 쉬운 것부터 가자. 장비의 능력부터."

"어떻게 할까, 언니?"

"어쩌지……. 하지만 스킬도 입수했으니까…… 공격력을 올릴까?"

두 사람은 얼마 전까지만 해도 올인 스타일을 그만둘까 했지만, 메이플과의 만남으로 이대로 가는 길이 보이기 시작했다.

그렇기 때문에 두 사람은 망설였다.

어떻게 하는 게 가장 도움이 될까 생각하니, 장비의 방향성은 고민되기만 했다.

"고민될 때는 하고 싶은 대로 하는 게 가장 좋아. 메이플도 그랬어."

하고 싶은 대로 한 결과를 지켜본 이즈는 왠지 절절한 기색으로 말했다.

"그럼……."

"그래. 초지일관!"

두 사람은 방침을 굳히고 동시에 답을 내놓았다.

""공격특화로 부탁드립니다!""

두 사람이 그렇게 말하자 이즈는 빙그레 웃으며 메모장을 꺼내 다음 이야기를 시작했다.

"자, 다음은 어떤 장비로 할지 외관을 정할까. 오래 쓸 장비가 될 테니까 찬찬히."

이즈는 두 사람의 이야기를 들으면서 상자 안에서 장비를 몇
개 꺼내 보여주고, 시간을 들여 가면서 디자인을 결정했다.

잠시 뒤 이즈는 메모하던 펜을 탁 내려놓고, 일단 끝났다는
듯이 크게 숨을 내쉬었다.

"그래. 알았어, 이거면 됐어. 조금 기다려 줄래? 바로 만들
어 줄게."

그렇게 말하는 이즈는 당장에라도 이걸 만들고 싶다는 듯이
의욕 넘치는 눈을 했다.

"저기……. 정말로 돈은 괜찮은 건가요?"

"괜찮아. 정 마음에 걸리거든 남는 소재를 주면 기쁘겠는데."

"알겠습니다!"

"열심히 할게요!"

"응, 열심히 해. 2층, 그리고 3층에도 재미있는 것은 많이 있
으니까 보고 다니는 게 좋을 거야. 금방 완성할 테니까 잠깐만
밖에서 기다려 주겠니?"

""네!""

그리고 두 사람이 공방을 나간 뒤에 이즈는 보관하고 있던
소재를 몇 개 꺼내어 제작에 들어갔다.

"다른 길드 멤버는 공방에 잘 안 오니까…… 좋아! 전력으로
만들자!"

이즈는 쉴 틈 없이, 그리고 무엇보다 즐겁게 장비 제작에 임했다. 재미있게 한 탓도 있어서인지, 장비는 예상 이상으로 일찍 완성됐다.

공방을 나선 유이와 마이는 이즈의 말대로 잠시 기다린 뒤 엄청난 속도로 완성된 장비를 놀라면서 받았다. 각각 머리색에 맞춘 검정색과 녹색, 흰색과 핑크색 장비는 프릴이나 리본을 여럿 섞어서 귀엽게 완성됐다. 다만 대형망치만큼은 소재가 부족한 탓에 나중으로 미루게 됐다. 그래서 이번에는 뭘 할까 싶어서 길드 홈의 현관까지 돌아왔는데, 이미 아까 있던 세 사람의 모습은 보이지 않았다.

"다들 어디 갔나……?"

"그런가 봐. 우와?! 우리 두 시간 넘게 이야기했나 봐."

시간을 보니, 두 사람이 공방에 가고 두 시간이 지났다.

"오늘은 이만 끝낼까……?"

"으음……. 언니, 조금만 더 해도 돼?"

"……? 2층이나 3층 보고 다닐래?"

"그게 아니라, 무기를 두 개나 들 수 있게 됐으니까 시험해 보고 싶어!"

"하긴…… 그래. 응, 좋아."

"고마워, 언니!"

두 사람은 1층으로 돌아가, 여태까지 잘 안 풀렸던 전투를 시험해 보기로 했다.

　이리하여 1층의 익숙한 장소까지 돌아온 유이와 마이는 이제 전투를 할 만한 장소를 찾기 시작했다.

　"사람들 눈에 띄는 곳은 안 되겠지?"

　"응……. 그게 좋을 거야."

　두 사람은 마을 밖으로 나가서 바로 눈에 들어오는 넓은 길을 피하여, 플레이어가 적은 산 쪽으로 걸어갔다.

　몬스터가 자주 나오는, 전망이 나쁜 장소를 피하면서 마을에서 조금씩 멀어졌다.

　"유이, 조심해."

　"응, 언니."

　두 사람은 【체적 증가】 스킬을 발동하는 것을 항상 의식하고, 몬스터가 보이면 들키지 않도록 거리를 벌리는 것을 거듭하면서 간신히 플레이어가 없는 장소까지 올 수 있었다.

　두 사람이 찾아온 산기슭에는 길쭉한 바위가 수직으로 선 암석지대가 있었다.

　다소 거리가 있는 데다가 경험치나 소재도 별로기 때문에 플레이어가 적은 곳이었다.

　두 사람이 그걸 안 것은 아니지만, 하고 싶은 일을 하기에는 좋았다.

　"아무도 없지……?"

"응, 없어!"

두 사람은 주위를 확인하고 인벤토리를 열어서, 이즈에게 받은 대형망치를 조심조심 꺼내 장비했다.

"와, 저, 정말로 장비할 수 있어……."

"한 손에 하나씩 드니까 엄청 이상해."

두 사람은 대형망치 두 개를 장비해서 들고, 경계하면서 바위 너머에 있는 몬스터를 찾기 시작했다.

"……! 유이, 저기."

마이가 가리킨 곳에는 울퉁불퉁한 바위가 모여서 만들어진 2미터 정도의 골렘이 보였다.

방어력이 높아 보이는 몬스터지만, 여기까지 왔으니 싸우지 않을 이유가 없다.

"응, 가자, 언니."

유이도 몬스터를 확인하고 싸울 뜻을 보였다.

그 말에 마이는 조금 긴장한 듯이 고개를 끄덕였다.

"언니!"

"응!"

두 사람은 바위 뒤에서 튀어나와 골렘을 향해 달렸다.

골렘도 두 사람을 알아차렸는지 무거운 발소리를 내면서 두 사람에게 다가왔다.

"《체적 증가》!"

커진 망치가 골렘을 향했지만, 그것은 빈틈없이 후퇴한 골렘의 앞을 지나갔다.

골렘은 그대로 돌진으로 이행해서 주먹을 똑바로 휘두르려고 했다.

"유이!"

"알고 있어!"

좋은 공격이라고 할 수 없는 움직임이지만, 두 사람은 다른 손에 든 망치를 옆으로 휘둘렀다.

그리고 망치는 골렘의 굵은 팔을 산산조각 냈고, 그대로 몸을 때려서 깨부쉈다.

"어……."

"진짜로?!"

고작 일격을 때렸을 뿐인데 골렘은 빛이 되어 사라졌다.

너무나도 어이없이, 간단히 쓰러뜨리는 바람에 두 사람은 그 자리에 멍하니 서 있었다.

"고, 공격력이 엄청 올랐어!"

"응! 여태까지는 한 대 때려도 전혀 잡지 못했는데!"

무기를 두 개 장비할 수 있게 되면서 공격력이 상승한 것과 메이플과 함께 던전을 돌면서 레벨이 오른 것도 있지만, 무엇보다도 【침략자】가 컸다.

이 스킬로 【STR】이 두 배가 되면서, 길드 가입 전과 비교하면 대략 세 배의 공격력을 손에 넣은 것이다.

"대단해! 우와…… 아……."

자기 성장에 기뻐하던 유이였지만, 그 기쁨도 잠시. 뒤에서 덤벼든 뱀 모양 몬스터에게 물려서 반응하기도 전에 허무하게 HP가 0이 됐다.

필드에는 몬스터가 얼마든지 있다.

전투에 익숙하지 않은 두 사람은 탐색이 아직 미숙했다.

"유이!"

빛이 되어 사라지는 유이를 보면서 마이는 두 망치를 휘둘렀지만, 그걸 훌쩍 피한 몬스터는 그대로 마이에게 몸을 부딪쳐서 날려버렸다.

마이는 지면에 세게 부딪쳐서 흙먼지를 피우며 굴러갔다.

"으윽……."

그 공격을 마이가 버틸 수 있을 리도 없어서 마이의 몸은 유이와 마찬가지로 빛이 되어 사라졌고, 눈을 떠 보니 1층 마을이었다. 주위를 두리번거리며 확인하자, 옆에는 이미 망치를 하나 집어넣은 유이가 서 있었다.

"언니, 괜찮아? 일단 집어넣어."

"어, 으, 응……. 미안."

마이는 파란 패널을 불러 망치를 인벤토리에 하나 넣었다.

"골렘은 느렸으니까 맞았지만."

"응……. 그렇게 빠른 몬스터는 맞지 않아."

과제가 많다는 것은 변함없다. 여전히 회피는 안 되고, 공격도 아직 서툰 부류인 게 틀림없다.

"하지만 맞기만 하면 쓰러뜨릴 수는 있어……."

"언니도 그렇게 생각해? 나도!"

유일하면서도 가장 중요한 진보.

일단 공격을 맞힐 수만 있으면 쓰러뜨릴 수 있다는 점이다.

두 사람이 여태까지 공격을 명중시켰던 몬스터는 비교적 마을 근처에 있는 곤충 타입이 주류였다.

그에 비해 훨씬 강하고 방어력도 있어 보이는 골렘을 일격에 쓰러뜨릴 수 있었던 것은 두 사람에게 자신감이 됐다.

"게다가 이즈 씨가 공격력이 더 올라가는 망치를 만들어 줄 거야!"

"그래……. 응! 그럼 더 싸우기 쉬워질 거야!"

두 사람의 장비는 아직 대형망치 두 개뿐이다.

얼마 전까지는 강해지기 위한 길이 막혀 있었지만, 지금은 그게 열렸음을 두 사람은 실감했다.

메이플이 그랬던 것처럼 하고 싶은 일이 많아지면 그만큼 바쁘기도 하지만 즐겁기도 하다.

두 사람은 여태까지 없을 정도로 즐겁다고 느끼고 있었다.

"아, 그렇지! 언니! 우리가 가진 히드라의 소재를 팔면 스킬 두루마리도 살 수 있지 않을까?"

"……!"

마이는 눈을 번쩍 뜨고 고개를 끄덕였다.

여태까지는 부족했던 돈도 제법 여유가 생겼다.

"스킬로 공격할 수 있으면……."

"공격력을 더 올릴 수 있어, 언니!"

두 사람은 눈을 반짝이며 두루마리 상점으로 달려갔다.

두 사람이 거의 들어간 적 없던 그 가게에는 한쪽 벽에 가득히 두루마리가 진열되어 있었다.

"일단 소재를 팔까?"

"응! 그래. 얼마나 나올까?"

두 사람은 소재를 절반 정도 팔아서 5천 골드를 손에 쥔 상태로 두루마리의 가격을 확인했다.

"어어……. 공격 스킬이 좋겠지?"

"으음. 아마 그럴 것 같은데…… 하지만 어느 게 셀까?"

두 사람은 같은 스킬을 두 개 구입하기로 했기 때문에, 5천 골드로 두 개 살 수 있는 스킬을 찾았다.

"그럼…… 이거?"

"응, 그걸로 하자. 또 뭐가 좋을지는 사리 씨나 메이플 씨에게 또 물어보자."

두 사람은 소지금을 다 쓰지 않고 일단 공격에 쓸 만한 스킬을 하나만 사기로 했다.

"【더블 임팩트】면 되겠지."

"응, 그래!"

두 사람은 결심한 것처럼 그렇게 말하고, 똑같은 동작으로 그것을 구입했다.

두 사람은 가게에서 나와서는 곧바로 두루마리를 써서 【더블 임팩트】를 취득했다.

> **【더블 임팩트】**
> 대형망치를 이용한 2연격.
> 또한 작은 충격파를 발생해서 대미지를 준다.

두 사람은 본래 하나여야 할 대형망치를 두 개 가지고 있기 때문에, 이 스킬을 둘이서 동시에 쓰면 어지간한 몬스터라면 즉사할 레벨의 일격이 8번 날아가게 된다.

또한 지금 두 사람의 공격력이라면 추가 효과인 작은 충격파조차도 상당한 대미지를 줄 수 있다는 사실도 알고 있었다.

"시험해 볼까……?"

"응! 그러자!"

두 사람은 다시 필드로 달려갔다.

그리고 플레이어가 없는 장소까지 온 뒤, 거기서 새롭게 취득한 스킬을 썼다.

새롭게 입수한 스킬의 충격파는 그것만으로도 충분히 몬스터를 쓰러뜨릴 만한 위력을 가졌고, 일격만 맞히면 되는 스타일은 간단하기에 두 사람이 익숙해지기 쉬웠다.

다만 두 사람은 몬스터를 몇 마리 잡다가 또 공격을 받아서 쓰러졌다.

다시금 마을로 돌아왔지만 두 사람의 표정은 밝았다.

"후우, 하지만 재미있어! 한 번 더 갈까?"

"응! ……응?"

다시금 필드에 나가려던 참에 마이가 뭔가 떠올린 것처럼 파란 패널을 불러냈다.

그리고 마이의 안색이 확 나빠졌다.

"어, 왜, 왜 그래, 언니!"

유이가 마이를 걱정해 다가갔다.

"유이, 도, 돌아가자. 안 돌아가면……."

마이가 그렇게 말하며 가리킨 곳에는 시계가 있었다.

"아……!"

유이가 보기 싫은 것을 본 것처럼 눈을 가늘게 떴다.

정신없이 마을을 뛰어다니고 필드로 나가서 멀리까지 갔던 결과, 시간이 꽤나 지난 상태였다.

평소라면 슬슬 그만둘 시간을 훨씬 오버해서, 부모님에게 야단맞을 가능성이 큰 시간까지 오버했으니까 어떻게 될지 알 수 없었다.

"얼른……! 돌아가자……!"

"으, 응!"

두 사람은 다급히 로그아웃 하고 각자의 방에서 눈을 떴다.

복도를 사이에 두고 마주 보는 방의 문을 동시에 열고 두 사람이 슬쩍 고개를 내밀자, 조용히 웃고 있는 어머니가 눈에 들어왔다.

""히익!""

"안녕, 애들아. 잠깐 이야기 좀 하자꾸나. 내려오렴."

그렇게만 말하고 계단을 따라 1층으로 내려갔다.

"좋은 일만……."

"있는 게 아니네……."

자기들의 부주의를 후회하면서 마이는 체념한 듯이, 유이는 변명을 생각하면서 무거운 발걸음으로 1층으로 내려갔다.

히드라를 두들겨 패고 3층의 길드 홈으로 돌아온 유이와 마이는 다음 날, 평소보다 시간을 더 신경 쓰면서 사리와 함께 길드 홈에 속하는 어느 시설 안에 있었다.

꽤 널찍한 방으로, 【훈련장】이라고 불리는 장소였다. 3층에 도달하면 개방되는 시설로, 마법진을 타고 전이해서 갈 수 있다.

여기서는 HP가 0이 되지 않고 스킬도 쓸 수 있지만, 새롭게 스킬을 취득할 수는 없다.

아직 이즈가 자신의 마음에 드는 망치를 완성하지 못했기 때문에 두 사람의 무기는 일단 사용하는 대형망치 두 개였다. 그걸 한 손에 하나씩 들고 대기했다.

"이【훈련장】이라면 사람들 눈에 띄지 않고 훈련할 수 있어."

"뭘 하려는 건가요?"

"그 대형망치 두 개를 어느 정도 잘 다루고 싶지?"

""네⋯⋯.""

훨씬 강해진 두 사람은 1층에서 사람들 눈에 띄지 않도록 두 개의 무기로 싸웠지만, 전혀 올리지 않은【AGI】로는 쉽게 회피할 수 없어서 마음껏 싸울 수 없었다.

일격필살이 가능한 힘을 손에 넣었지만, 일격에 죽는 HP라는 사실은 변함없다.

"내가 회피를 가르쳐 줄게. 무기 두 개로 싸우는 법도. 길드 차원에서는 관통공격의 회피를 익혔으면 싶은 마음이야."

관통공격만 회피할 수 있으면 메이플과 함께 싸울 수 있다.

"하, 하지만 우리는 사리 씨만큼 빠르지 않아요⋯⋯."

유이의 말은 지당해서, 사리와 두 사람의【AGI】는 차이가 너무 크다.

두 사람이 회피를 제대로 못하는 것은 당연하다.

"그야 어디부터 맞을지 모르는 상황에서 공격을 회피하는 건 어려울 거야. 하지만…… 스킬은 정해진 동작을 따를 뿐.
그럼 밀리미터 단위로 피할 수도 있어."

""그, 그건…….""

유이와 마이는 생각했다.

말로는 쉽지만 행동하기는 어렵다.

그게 가능하면 다들 스킬을 회피할 수 있게 된다.

"뭐, 아무래도 아직은 어렵겠지만. 하지만…… 【관통공격
스킬】은 달라."

"어어…… 어디가 다른가요?"

"【관통공격 스킬】은 내가 아는 모든 스킬이 발동까지 약간
의 【준비】 시간이 있어."

사리의 말은, 다른 스킬이 이름을 말하면 바로 발동하는 것
과 달리 관통능력을 가진 스킬만큼은 주의하지 않으면 모를
정도의 시간이 걸린다는 것이다.

두 사람에게 설명을 마친 사리는 인벤토리에서 종이를 두 장
꺼냈다.

"내가 긁어모은 모든 【관통공격 스킬】의 이름이 거기에 적
혀 있으니까, 한 달 내로 그걸 다 외워."

""네!""

관통공격 스킬이 발동될 때까지 짧은 시간을 이용하고, 스
킬을 기억해 두어서 먼저 회피에 들어갈 수 있다.

"하지만…… 그래도 아직 부족해."

"그, 그런가요?"

불안하게 묻는 마이에게 사리는 인벤토리에 있는 수많은 나무 무기들 중 하나를 꺼내면서 대답했다.

"이즈가 만들어준 창 모양의 작대기. 이걸 내가 휘두를 테니까…… 실전연습이야."

"어……? 사리 씨는 단검 스킬밖에 못 쓰는데……."

"응. 그러니까 움직임과 속도를 전부 외우고 연습해서…… 재현할 수 있게 했어."

""네……?""

사리가 한 것은 이미 인간 레벨이 아니었다. 이미 정상이 아니라고 말할 수밖에 없는, 거짓말 같은 현실.

"너희는 여기에 올 때 도움이 되기 위해서라면 '뭐든지 하겠다'고 했지? 그러니까…… 회피할 수 있게 될 때까지 열심히 하란 소리야."

유이와 마이의 첫 스승은 메이플이고, 메이플은 두 사람에게 그 특이성을 물려주었다.

두 번째 스승이 된 사리는 그 회피력의 일부를 주려고 했다.

그 무렵 메이플은 길드 안을 어슬렁대고 있었다.

"카스미! 사리는?"

"유이와 마이와 함께 【훈련장】에 갔다. 무슨 일이지?"

크롬과 테이블 앞에 앉아서 이야기하던 카스미가 대답했다.

"응……. 같이 3층을 보러 다닐까 했는데……. 뭐, 됐어."

그렇게 말한 메이플은 3층 마을로 나갔다.

그 모습을 지켜보며 카스미와 크롬이 말하기 시작했다.

"내 감으로는, 메이플은 또 뭔가 강화해서 돌아올 것 같군."

"그 감…… 맞을까?"

"글쎄……. 하지만 눈을 뗀 사이에 강해지니까. 유이와 마이도 그렇고."

"하긴……. 그러고 보면…… 요새 카나데가 안 보이는데?"

카스미와 크롬은 최근 며칠 동안 카나데가 길드에 있는 시간이 짧아졌음을 알아차렸다.

"응? 아, 아무래도 2층 도서관을 연신 들락날락하나 봐. 거점이 2층일 때도 그랬던 모양이지만……."

이즈에게 듣기로는 이따금 돌아와서 책을 읽는다고 했다.

"우리 멤버는 어디서 강해지는 건지 알 수가 없으니까……."

그렇게 말하며 카스미가 크롬을 지그시 바라보았다.

아니, 정확하게는 크롬의 장비를.

크롬도 카스미가 모르는 곳에서 강해졌다.

말로는 하지 않았지만 카스미는 조금 질투했다.

"메이플에게 기도해 달라고 하면 강해질지도 모르는데? 대충 진심으로 하는 소리야."

"……대충 진지하게 고려하도록 하지."

크롬과 카스미가 그런 대화를 나눌 때, 2층에서는 플레이어에 따라서는 한 번도 오는 일이 없을 도서관 제일 안쪽의 방에서 카나데가 책 페이지를 넘기고 있었다.

일본어가 아닌 문자로 적힌 그것을 다 읽고 책을 탁 덮는다.

"……그런가. 응, 그렇구나."

카나데는 책상 위에 놓인 루빅큐브를 손에 들더니 그걸 한동안 바라보고 다시금 책을 손에 들고 일어서서 중얼거렸다.

"앞으로…… 두 개 남았어."

카나데는 도서관을 나와 2층을 걷기 시작했다.

카나데는 혼자 2층 구석에 도달했다.

카나데는 길드 멤버와 함께 싸울 때는 지원마법에 MP를 할애하지만, 혼자 싸울 때를 위해 다소 공격마법도 익혔다.

또한 운에 달린 것이라고 해도【아카식 레코드】로 공격 면에 무게를 더하는 것도 불가능은 아니다.

그렇기 때문에 혼자서도 행동할 수 있었다.

"오늘은 스킬 운도 좋고."

카나데의 말처럼 오늘은【아카식 레코드】로 강력한 마법 스킬을 뽑았다.

카나데는 모래에 파묻힌 돌판을 표면이 보이도록 파냈다.

도서관에서 입수한 정보를 통해 이 장소를 찾을 수 있었다.

"어디……."

카나데가 그 석판을 만지자, 석판은 사라지더니 그 밑에 지하로 이어지는 계단이 나타났다.

카나데는 계단을 내려갔다.

폭이 좁은 계단을 다 내려가자, 아주 낡은 문이 달랑 하나 있을 뿐이다.

카나데가 문을 열자, 그 앞에 도서관이 펼쳐졌다.

거기는 제2회 이벤트에서 카나데가 유일하게 공략한 부유섬의 도서관과 흡사했다.

"어디, 내 예상이 맞다면 이 안쪽에…… 있다."

낡은 테이블에 흩어진 새하얀 퍼즐 조각.

*밀크 퍼즐이다.

카나데는 그걸 한데로 모았다.

조각을 맞추기 위한 틀이 있고, 그 틀에는 글자가 쓰여 있다.

신들의 시련이라고.

부유섬에서 【아카식 레코드】를 입수했을 때와 같은 내용이다.

"이번에는…… 3천 피스인가. 지난번보다 훨씬 적네."

카나데는 의자에 앉아서 퍼즐 조각을 펼치고 스윽 확인한 뒤에 구석부터 하나씩 맞춰 나갔다.

---

* 밀크 퍼즐 : 혹은 화이트 퍼즐. 그림이나 무늬가 일체 없어 윤곽선만으로 맞춰야 하는 직소 퍼즐의 일종.

"으음……. 여기는 이렇게. 여기는…… 이렇게."

카나데는 새하얀 조각을 차례로 맞추었다.

마치 답을 미리 아는 것처럼.

그리고 30분 정도 퍼즐을 풀다가 등받이에 몸을 맡기고 손을 멈추었다.

"하아……. 힘드네. 머리가 아플 것 같아……."

카나데는 기억에 특화된 힘.

즉 뛰어난, 아니 엄청나게 뛰어난 기억력을 가졌다.

보통은 얼핏 보면 똑같아 보이는 조각이 카나데에게는 하나하나 다른 것으로 보인다.

그리고 그 조각이 어느 조각과 연결되는지도 당연히 안다.

이어지는 부분의 형태, 그 조각이 있었던 장소.

죄다 기억하는 것이다.

다만 카나데는 이러한 정보를 기억할 수는 있어도, 극한까지 집중하지 않으면 끌어낼 수가 없다.

그리고 그게 가능한 시간은 10분 정도다.

애초부터 기억력이 뛰어났지만, 보통 때는 이 퍼즐을 클리어할 수 없다.

지금은 얌전히 쉴 필요가 있다.

"남은 책은 대출할 수 없고……. 으음, 나 말고 여기에 오는 사람이 있으면 곤란하고."

지난번과 다른 점은 시간 가속 상태가 아니라는 점이다.

완성하려면 아직 시간이 더 걸릴 것 같은데, 여기서 계속 머무를 수도 없다.

"아슬아슬하게 시간 내로 될 것 같은데…… 안 될 것 같으면 다시 와야지."

30분 정도 쉰 뒤 카나데는 다시 퍼즐에 손대기 시작했다.

그렇게 휴식과 집중을 몇 번 반복하는 동안 퍼즐은 점차 완성되어 갔다.

그리고 마침내 카나데는 마지막 조각을 끼워 넣었다.

다음 순간 새하얗게 물든 틀 안이 빛을 내뿜고, 중심에서 루빅큐브가 나타나서 천천히 회전하며 하늘에 떠올랐다.

"어디……."

카나데가 손에 들자, 그건 몇 줄기의 빛이 되어 카나데의 주머니에 빨려들었다.

"오……. 이걸 가졌으면 하나로 합쳐지는구나."

카나데는 다시금 자기 장비를 확인했다.

그러자 루빅큐브에 새로운 스킬이 추가되어 있었다.

【마도서고】
MP를 사용하는 마법과 스킬을 【마도서】로서 전용 【책장】에 보관할 수 있다.
보관된 마법이나 스킬은 【마도서】를 사용할 때까지 사용할 수 없다.
【마도서】의 작성에는 소비 MP의 2배가 필요하다.

"그렇구나……. 돌아가서 써 볼까……. 아니지, 오늘은 그만두자……. 피곤하니까."

카나데는 계단을 올라가면서 읽은 책의 내용을 떠올렸다.

"앞으로 하나……. 2층엔 없어. 3층……? 아니면…… 1층? 아니, 아직 없나?"

나머지 하나도 반드시 손에 넣겠다고, 이것만큼은 카나데도 의욕을 냈다.

◆ □ ◆ □ ◆ □ ◆ □ ◆

카나데가 이 스킬을 입수한 것은 현실세계의 운영진에도 알려졌다.

운영진의 주의는 우선【단풍나무】에, 다음으로는 제1회 이벤트와 제2회 이벤트의 입상자에게 향했다.

"카나데가【우리의 못된 장난 20】을 클리어했다고?!"

"어쩔 수 없지. 걔는 부유섬에 있던 것도 했으니까……."

"그건 장난이 아니야! 진심으로 만든 거니까!"

"【단풍나무】에 고난이도를 돌파한 녀석이 모여 있어."

크롬과 사리는 유니크 시리즈.

카나데는 도서관 계통.

신입인 유이와 마이는 STR 상승 스킬.

메이플은 여러 가지로.

메이플의 스킬은 거의 죄다 장난으로 넣은 것이다.

"흠…… . 그 밖에는?"

"제1회 이벤트의 10위 이내는 다들 그쪽으로 손을 대고 있어. 메이플은 특히 심하지…… . 그 밖에는 그 녀석들 근처에 있는 몇 명. 신참 플레이어는 생각대로 움직이고 있어."

"이벤트 내용에 따라서는 상위 20명 정도를 잘 격리해야 할까?"

"그럴지도."

그렇게 말한 것을 끝으로 그들은 다시금 모니터를 바라보기 시작했다.

새로운 스킬 테스트를 일단 그만두기로 한 카나데지만, 호기심에는 이길 수 없었다.

도서관을 나와서 인적 없는 장소로 이동했다.

"마침 【파괴포】도 가지고 있고…… 【마도서고】!"

> **【파괴포】**
> 소비 MP 100.
> 전방에 위력이 높은 마법 공격.
> 게임 내 시간으로 10분 후 재사용 가능.

카나데가 소리치자 공중에 빛이 모여서 정육면체 책장이 다섯 개 출현했다.

그것들은 둥실둥실 떠 다녔고, 또한 물체를 그대로 통과하는 듯했다.

동시에 눈앞에 파란 패널이 나타나고, 카나데가 현재 사용 가능한 MP 소비 스킬이 리스트업됐다.

"【불 마법】처럼 여러 마법이 들어간 건 마법별로 고를 수 있고, 들어가지 않은 것은 그 스킬을 고를 수 있나……."

카나데가 일단 【파괴포】를 선택해 보자, 30분의 타이머가 패널 안에 나타나고 【마도서】 작성이 시작됐다.

아이템으로 MP를 회복하고, 이어서 【파이어 볼】을 【마도서】로 만들었다.

이것도 마찬가지로 30분 걸리는 듯했다.

그리고 이 능력은 일시적으로 카나데에게서 사라졌다.

"어떤 거라도 30분인가……. 사전에 준비해야만 하네."

카나데는 30분 동안 책을 읽으며 시간을 보냈다.

30분이 경과했을 때, 실 같은 빛이 패널 위에 모여서 두 권의 책을 이루었다.

카나데가 만지자 두둥실 떠올라서 책장으로 들어간다.

"음…… 【파이어 볼】!"

카나데가 외치자마자 책장에서 튀어나온 붉은 마도서가 펼쳐지며 【파이어 볼】을 토해냈다.

그리고 【마도서】는 사라졌다.

"사전에 비용을 지불해서 전투 중에 비용 없이 공격이 가능하다……. 그럼 【아카식 레코드】의 스킬을 보관 가능한가…… 일단 보관 가능한 숫자도 한도가 있을까?"

카나데는 현재 시험해 보고 싶은 것을 다 시험하고 로그아웃했다.

다음 날 필드에서 【마도서고】를 보니 책이 한 권 들어 있는 상태였다. 이로써 【아카식 레코드】의 스킬을 보관할 수 있다는 사실이 확정됐다.

이로써 카나데는 모든 MP 사용 스킬을 보관할 수 있게 됐다.

"휴우……. 차근차근 모아 둘까. 분명 아무도 예상할 수 없는 대마법을 쏠 수 있게 될 거야."

카나데는 그렇게 말하며 이날도 【아카식 레코드】를 발동시켰다.

"나는 뽑기 운이 좋네……. 후후후."

30분 뒤, 책장에 시커먼 책 한 권이 추가됐다.

7장 방어 특화와 절벽 아래.

  그 무렵 메이플은 혼자서 3층 마을을 탐색하려 하고 있었다.

  크롬과 카스미는 【수박】을 모으고 있고, 유이와 마이와 사리는 특별 훈련 중.

  이즈는 장비를 만들고 있고, 카나데는 길드에서 찾아볼 수 없었다.

  이렇게 됐으면 혼자서 마을을 보고 다닐 수밖에 없었다.

  마을은 여전히 수많은 기계로 넘쳐났다. 하늘에도 플레이어가 즐겁게 기계로 날아다녔다. 마을 중심에는 이 마을의 심볼인지 커다랗고 멋진 건물이 보였다. 메이플은 어디부터 갈까 싶어서 주변을 둘러보았다.

  "저 기계를 보러 가자!"

  메이플은 NPC 가게로 가서 여러 플레이어가 하늘을 날기 위해 사용하는 기계를 보았다.

  수레처럼 생겨서 여러 명이 타는 것도 있고, 등에 메기만 하면 되는 1인용 탈것도 있다. 기계 안에서 푸른빛이 나오고 있었다. 그게 동력원인 모양인데, 실로 미지의 기술풍이다.

메이플도 멋지다고 생각해서 기계를 사려고 했지만, 그것들은 몹시 비쌌다.

"으음⋯⋯. 필수 아이템인데도 비싸네⋯⋯. 조금⋯⋯, 아니, 엄청 빠듯해."

메이플은 적극적으로 돈을 모으지 않기 때문에 항상 돈이 부족했다.

그래서 한 가지 결론을 내놓았다.

"응, 그만두자. 나한테는 시럽이 있고!"

그렇다. 메이플은 기계 없이도 하늘을 날 수 있다.

꼭 필요한 것은 아니다.

다만 그래도 새로운 물건에는 흥미가 있기 때문에 기계를 찬찬히 구경했다.

그러던 메이플은 어떤 사실을 깨달았다.

"이거 나사 같은 걸 안 썼네. 근미래 느낌이야!"

메이플의 말처럼 나사 같은 건 어디서도 찾아볼 수 없었고, 매우 가벼웠다.

메이플이 가볍다고 할 정도니까 진짜로 가벼운 것이다.

메이플은 잠시 구경하다가 다른 장소로 향했다.

목적지도 없이 걷던 도중에 메이플은 길목 입구에 쓰러진 NPC 노인을 발견했다.

"어어⋯⋯, 괘, 괜찮은가요?!"

메이플이 톡톡 두들기자 노인은 띄엄띄엄 말하기 시작했다.

"물을 좀 주지 않겠나……. 가능하면 음식도……."

힘없는 목소리로 말하는 노인의 부탁을 거절할 이유도 없어서, 메이플은 부탁대로 인벤토리에서 아이템을 꺼내 내밀었다.

노인은 그것들을 받더니 순식간에 다 먹고 마셨다.

"휴우……, 고마워. 어디, 사례로 이야기나 하나 해 주지."

"어? 네."

메이플이 노인의 앞에 앉자, 노인은 이야기를 시작했다.

"이 마을의 중심에 멋진 건물이 있지? 저기에는 【기계신】이 있지, 하늘을 나는 기계도 그 【기계신】이 만든 것이야."

"【기계신】……인가요. 흠흠."

"녀석이 만드는 기계는 제조방법을 전혀 알 수가 없어. 부숴서 내부를 조사한 자도 있었지만…… 안에는 아무것도 없었다더군. 【나사】도 【톱니바퀴】도 【용수철】도 말이야."

"어?! 왜, 왠지 무섭네요……."

"뭐, 이 정도는 다 아는 사실이지. 여기부터가 중요해."

메이플이 흥미진진하게 다음 이야기를 기다렸다.

"실은 말이야, 그 기계신은 【2대】야."

"【2대】……인가요?"

"그래. 이전에는 이 마을에도 평범한 기계가 넘쳐났지. 【초대】는 기계를 모르는 우리에게 꿈과 희망을 주었단다."

노인의 말처럼 기계의 개념이 없는 곳에 주어진 기계는 모두 꿈과 희망과 기적처럼 여겨졌을 게 틀림없다.

"그리고…… 어느 날, 내가 마을을 잠시 떠났을 때의 일이지. 마을 쪽에 푸르스름한 빛이 쏟아졌다!"

"그, 그래서?!"

메이플은 다음 말을 채근했다.

"나는 서둘러 돌아왔지. 무슨 일이 일어났다고 생각해서 말이야. 그러자…… 마을은 새로운 기계로 넘쳐나고, 다들 【초대】의 기억이 사라졌더구나. 게다가 마을에서는 예전의 기계들이 사라졌고."

"그 빛을 맞아서 기억이? 그러니까 마을을 떠났던 할아버지는 무사했다……?"

"이걸로 이야기는 끝이다. 우리 두 사람밖에 【초대】를 아는 사람은 없어."

"귀중한 이야기, 감사합니다!"

메이플은 인사했다. 노인은 복잡한 골목 안쪽으로 천천히 걸어가서 이윽고 보이지 않게 됐다.

"【2대】는 【초대】를 싫어했나? ……퀘스트에도 없고, 언젠가 도움이 되는 이야기일까?"

메이플은 노인의 이야기를 머릿속 한구석에 담고서 다시금 마을을 걷기 시작했다.

메이플이 마을을 보고 다니면서 목격한 것은 역시나 【2대】가 만들었다는 기계들이다. 어느 것이고 예외 없이 푸른빛이 아름답게 빛났다.

오히려 그 정도밖에 주목할 게 없었다.

"으음······. 나도 필드 탐색에 나갈까."

필드는 고저차가 크고, 절벽을 이룬 부분이나 구름까지 뻗은 산이 여기저기에 있었다.

하늘을 나는 힘을 갖지 않은 자는 탐색할 권리가 없다.

"시럽! 가자!"

메이플은 평소처럼 하늘을 날아갔다.

평소와 다른 점은 하늘을 나는 사람들이 더 있다는 것이다.

"산책이라면 2층이야. 느긋하게 날 수 있고. 응."

메이플은 주위에 플레이어가 날지 않는 편이 느긋하게 탐색할 수 있어서 좋다고 생각했다.

이미 의욕적으로 탐색하는 이들이 던전을 하나 발견했고, 많은 플레이어가 그곳으로 향했다. 플레이어들은 다들 몸에 기계를 딱 붙여서 사용했고, 그것으로 부족해서 기계와 몸을 딱 고정시켰다.

메이플은 그 뒤를 따라갈 뿐이라서, 던전이 발견됐다는 사실을 몰랐다.

"뭐가 있나?"

그렇다. 메이플은 아무것도 모른다.

안개 낀 깊고 깊은 절벽을 넘어간 곳에 솟은 산으로 사람들이 가는 이유도.

그 절벽에서는 옆에서 맹렬한 돌풍이 부는 것도.

"우엑?! 아!"

【STR 0】인 메이플이 시럽에 계속 매달릴 수는 없었다.

다른 플레이어들은 몸에 딱 붙인 기계를 사용하지만, 메이플은 시럽에 타고 있을 뿐. 대책도 하나 세우지 않았다.

바람에 균형이 무너져서 절벽으로 거꾸로 떨어지는 것은 메이플뿐이었다.

"우우우아아아아아아?! 시, 시럽! 시럽?!"

지면이 보이지 않는다. 아니, 애초에 지면이 있는지도 메이플로서는 알 수 없었다.

이 정도 높이에서 떨어지면 아무리 메이플이라도 무사할 수 없다.

시럽을 필사적으로 불렀지만 따라올 수가 없었다.

"포, 【포확】!"

메이플에게 유일한 행운은 그 짙은 안개가 어떤 기행도 감춰준다는 것이겠지.

설령 아무리 큰 대미지를 입어도 메이플 본체에는 어떠한 영향도 없다.

아득히 떨어진 아래쪽, 짙은 안개 속에서 메이플이 움직였다. 여전히 괴물의 모습인 채로.

"어, 어라? 대미지를 안 받았네."

메이플의 방어력이 높았기 때문에 대미지를 받지 않은 게 아니다.

애초에 여기에 떨어지면 대미지를 입지 않도록 설정되어 있는 것이다.

메이플은 원래 모습으로 돌아오더니, 1미터 앞도 보이지 않는 짙은 안개 속을 걸어갔다.

"응? 이거……."

메이플의 발치에 툭 하고 부딪친 뭔가를 주워들었다.

그것은 망가진 기계였다.

여러 파츠로 이루어진 듯한 기계의 잔해였다.

메이플이 현재 있는 구역의 이름을 파란 패널로 확인했다.

"여기는…… 【꿈의 묘지】? 할아버지 이야기랑 관계가 있나?"

발견 난이도가 높은 힌트들.

2층에 있는 발견 난이도가 높은 부품.

여기에 오기 위해 필요한 특수 조건.

메이플은 모든 과정을 우연으로 건너뛰고 여기에 도달했다.

"좋아……. 신중하게 가자."

메이플은 잔뜩 쌓인 잔해 사이를 누비듯이, 그나마 걸을 만한 장소를 슬금슬금 나아갔다.

"안개가…… 줄었어?"

메이플은 안개가 줄어든 쪽으로 걸어가서 드디어 최심부에 도달했다.

마을에 넘쳐나는 기계들과 같은 푸른빛이 반딧불처럼 춤추는 고철의 산에 둘러싸인 장소.

그리고 안쪽에 한 남자가 잔해에 몸을 기대듯이 앉아 있었다.

그 몸은 무수한 톱니바퀴와 용수철, 나사로 이루어진 기계였다.

하지만 기계치고는 너무나도 인간에 가까웠다.

그리고 인간치고는 너무나도 기계에 가까웠다.

눈에 빛은 없고, 한쪽 팔은 중간부터 없고, 가슴에는 커다란 구멍이 나 있었다.

"우왓?!"

메이플의 인벤토리에서 멋대로 튀어나간 것은 우연히 발견한 그 톱니바퀴. 【옛날의 꿈】이라는 이름의, 용도를 알 수 없는 아이템이었다.

그것은 남자의 곁으로 둥실둥실 날아가서 그 빈 가슴에 빨려 들었다.

그리고 한동안 아무 일도 일어나지 않았기 때문에 메이플이 조심조심 남자에게 다가갔다.

"괘, 괜찮아?"

"끄, 아…….."

마음을 놓은 순간에 붉은빛이 켜지고 남자가 말하기 시작하는 바람에, 메이플은 흠칫 놀라서 방패로 몸을 가렸다.

"나는, 왕, 기계의 왕…… 위대한 지혜와 머나먼 꿈의 결정체……."

"……."

"나는, 왕, 옛날의 왕…… 도태된 자……."

메이플은 남자의 말을 조용히 들었다.

"나는…… 뭐지, 나는……."

남자의 말소리는 점점 작아지고 끊기더니, 붉은빛이 점차 약해지다가 결국 말을 완전히 멈췄다.

"마, 망가졌나……?"

걱정하는 메이플의 눈앞에서 춤추던 푸른빛이 남자를 감싸기 시작했다.

그것은 가슴에 뚫린 구멍에 빨려들어서 구멍을 빛으로 채웠다.

"그으……."

금속이 삐걱대는 소리가 나고 남자의 몸이 천천히 움직였다. 차갑게 빛나는 푸른빛을 두르면서 남자는 조용히 일어섰다. 푸른빛은 점차 강해지고, 붉은빛은 사라졌다.

"다, 다행이다……. 망가진 게 아니구나!"

메이플은 기뻐했지만, 곧 남자의 낌새가 이상하다는 걸 깨달았다.

"나는…… 잡동사니의 왕, 쓰레기 속에 잠든 왕, 꿈도 기적
도…… 잡동사니로."

그렇게 말하자 남자의 몸이 변했다.

주위의 잔해를 가슴의 구멍에 흡수하고, 병기를 만들어 몸
에 장착했다.

무장이 차례로 전개됐다. 포구와 총구들이 메이플을 향했다.

"너도…… 잡동사니로 만들어 주마."

메이플은 눈앞에 있는 인물이 【초대】 기계신이라는 생각에
이르렀다.

그리고 지금은 제정신이 아니라는 것도 이해할 수 있었다.

"……제정신으로, 돌릴 거야!"

메이플은 방패를 들고 단도를 뽑았다.

메이플은 이상해진 원인으로 짚이는 바가 있었다.

그 푸른빛, 【2대】 기계의 빛. 마을에 넘쳐나고, 지금 【초대】
의 가슴에서 차갑게 빛나는 빛이다.

"저 부분만 공격해야지!"

메이플이 결의한 다음 순간.

시야를 푸르스름한 탄환이 뒤덮었다.

◆ □ ◆ □ ◆ □ ◆ □ ◆

　메이플의 방패가 그 힘을 발휘했기 때문에, 일시적으로 탄환을 삼키는 대신 【악식】을 잃고, 그 뒤에 메이플은 벽으로 튕겨 날아갔다.

　"우와……! 넉백인가?!"

　푸르스름한 탄환은 강력한 넉백 성능을 가졌고, 그걸 피할 속도가 없는 메이플을 고철의 산으로 밀어붙였다.

　다만 메이플의 장갑을 뚫을 수는 없어서 그냥 밀어붙였을 뿐이다.

　"아……. 못 움직인다……."

　몸을 때리는 탄환은 기분 좋은 자극을 주었을 뿐이지만, 그 넉백 성능 때문에 움직일 수 없어졌다.

　"【히드라】!"

　일단 메이플이 기계신을 향해 히드라를 쏘았지만, 기계에 독은 통하지 않았다. 히드라 본체가 준 대미지뿐이지, 독의 추가 대미지가 없었다.

　"우엑……. 어쩌지……."

　【악식】은 이미 사라졌고, 【포학】은 여기로 떨어질 때 써버렸다.

　시럽은 메이플의 스킬 범위 밖으로 떨어졌기 때문에, 현재는 반지 안이다.

함부로 나서면 탄환의 밥이 된다.

남은 공격적인 능력은 효과가 약한 【히드라】와 【악식】의 결정과 【포식자】와 【흘러나오는 혼돈】 정도다.

메이플은 무식하게 높은 방어력과 강한 순간화력을 가졌지만, 명확하게 변하지 않는 약점이 있다.

바로 나쁜 연비다.

메이플의 스킬은 장비가 가진 MP 소비 0의 능력 덕분에 발휘되는 것으로, 그것은 유한하다.

메이플의 힘은 오랫동안 지속할 수 있는 게 아니다. 스킬을 쓰면 그만큼 공격면으로 약체화가 진행된다.

스킬을 다 쓰면 몬스터는 메이플을 쓰러뜨릴 수 없지만, 메이플도 몬스터를 쓰러뜨릴 수 없는 진흙탕 싸움이 된다.

이번에는 히드라 때처럼 먹어치울 수 없는 상대다.

녹슨 기계는 먹을 수 없다.

그런 건 잘 안다.

"【헌신의 자애】!"

관통공격이 걱정이지만, 메이플은 【포식자】와 시럽의 공격을 믿을 수밖에 없었다.

【히드라】의 효과가 약하기 때문에 메이플은 장비를 바꿨다.

머리에 티아라, 손에는 순백의 단도를 장비하고 포션으로 HP를 회복했다.

이걸로 메이플의 HP는 650.

방어력은 떨어졌지만, 그래도 탄환은 마사지에 불과했다.

"좋아…… 【포식자】!"

메이플은 괴물 두 마리, 이어서 시럽을 불러내고 심호흡을 하며 집중했다.

"시럽! 【거대화】, 【대자연】!"

메이플의 목소리에 응하여 시럽이 지면에서 넝쿨을 뻗고 대지를 융기시켰다.

갑자기 나타난 장애물에 탄환이 메이플에게 닿지 않게 됐다.

그 순간 메이플은 최대한의 속도로 기계신에게 다가갔다.

시럽은 자기 역할을 다했기 때문에 이 타이밍에 원래 크기로 되돌렸다.

하지만 메이플이 도달하기 전에 탄환이 메이플을 덮쳤다.

"후웁!"

메이플이 장비를 바꾼 이유는 히드라가 통하지 않았기 때문이 아니다.

【헌신의 자애】에 포함된 스킬.

소비 HP 600의 큰 기술.

"【이지스】!"

메이플의 주위를 뒤덮은 빛의 돔은 10초 동안 모든 공격을 무조건 무효화한다.

【대자연】으로 번 거리와 이 스킬로 번 거리, 이것들을 더해도 아직 부족하다.

다가가면 다가갈수록 공격도 심해지니까, 일단 그걸 막아야만 했다.

괴물들은 메이플을 향해 날아오는 무장을 집어삼키며 시간을 만들었다.

그 무장들은 처음처럼 잔해 속에서 보급되지만, 그래도 약간의 시간 지연이 생긴다.

"【커버 무브】!"

무장이 망가진 틈에 원래 크기로 되돌아온 시럽을 먼저 보낸 메이플은 그쪽으로 힘껏 쫓아가기만 하면 됐다.

괴물들을 되돌린 메이플은 기계신에게 육박하여, 푸른빛이 고인 가슴 부분에 손을 찔러 넣었다.

"이 빛이 문제인 거지!"

메이플은 기계신을 끌어안듯이 안쪽까지 손을 집어넣었다.

최대한 그 몸을 파괴하는 일 없이, 제정신으로 돌려놓기 위해서.

"【흘러나오는 혼돈】!"

메이플의 손에서 튀어나온 괴물이 가슴을 꿰뚫었다.

그 행동은 어떤 의미로 정답이고, 어떤 의미로 오답이었다.

거기를 공격하는 것으로는 제정신으로 돌려놓을 수 없다. 하지만 【약점】인 그 부분을 공격하는 것으로 큰 대미지를 줄 수 있고, 그 결과 기계신의 상태가 변했다. 가슴의 구멍 안쪽. 흩어진 푸른빛 너머에 약간이지만 붉은빛이 분명히 켜졌다.

붉은빛은 조금씩 강해지고, 무기질하면서도 확실한 의사를 띤 말을 자아냈다.

"끄, 어억…… 나는 사라진, 다…… 하지만……."

메이플은 말하기 시작한 기계신의 목소리를 하나도 놓치지 않으려고 귀를 기울였다.

"……의식이 약간 돌아온 지금, 맡긴다. 용감한, 자……."

그렇게 말하는 기계신의 가슴의 구멍에는 다시금 푸른빛이 고이기 시작했다.

"……나, 의 힘으로…… 나였던, 이 녀석, 을 쓰러……뜨려……라."

그렇게 말한 기계신은 메이플을 향해 희미하게 붉은빛을 띤 낡은 톱니바퀴를 던졌다.

의식을 되찾았을 때 사용한 그것을 메이플에게 건넨 것이다.

그것은 메이플의 몸에 빨려들어 사라졌다.

"……잠들게, 해다오."

그와 동시에 또 기계신의 모습이 변했다.

온몸이 푸르스름한 빛으로 뒤덮이고, 망가졌던 몸은 깨끗한 은색 보디로 바뀌었다. 팔이나 등이 마치 액체처럼 자유롭게 변형하고, 부품이 존재하지 않는 포나 총을 만들어냈다. 푸른 빛을 내뿜으며 【2대】의 병기를 몸에 두르고 하늘로 날아오르더니 푸른 탄환으로 공격해 왔다.

메이플은 아까와 마찬가지로 벽으로 날아가는 수밖에 없었다.

"힘을 맡기다니, 허튼짓을……."

무기질한 목소리가 상공에서 들렸다.

뉘앙스로 봐서 2대의 목소리라고, 메이플은 깨달았다.

초대의 몸은 2대가 차지하여 억지로 움직이고 있다.

"……【기계신】……."

메이플이 받은 힘, 한때 신이었던 자의 힘. 그것은 단순해서, 신기할 거라곤 하나도 없는 힘이었다.

메이플은 장비를 변경했다.

만일을 위해 티아라와 【인연의 가교】를 벗고, 단도를 원래대로 되돌렸다.

"【기계신!】"

메이플이 그렇게 외치자 머리 안에 이미지가 떠올랐다.

메이플은 갑옷과 방패와 단도를 선택했다.

【2대】가 아무 데서나 기계를 만들어내는 것과 달리, 【초대】는 재료가 필요했다.

즉.

장비를 파괴하고 무기를 만드는 힘.

당연히 재료의 질이 좋을수록 완성되는 무기는 강력하다.

"【전 무장 전개】."

조용히 중얼거린 메이플, 그 몸에 재생되는 검은 장비.

그것들에서 밤하늘을 떼어다 붙인 듯한 검은 무장이 차례로 전개됐다.

방패를 든 팔 부분에서 철컥철컥 소리를 내며 총이 나타나고, 등에서도 나뭇가지가 뻗어서 메이플의 몸과 비교해서 너무나도 큰 포신이 하늘을 향했다.

단도를 든 쪽의 팔에서는 마찬가지로 검은 칼날이 나왔고, 그것들을 지탱하는 하반신은 기계를 둘러서 강인해졌다.

가슴에서 복부까지는 크고 작은 톱니바퀴가 회전하고, 오라처럼 엷은 붉은빛을 나부끼며 병기가 전개했다.

"와, 와앗?! 이, 이거 뭐야?!"

놀라서 온몸을 뒤덮은 무장을 바라보던 메이플. 하지만 해야만 하는 일을 떠올렸다.

"저걸 쓰러뜨려야 해…….【도발】!"

메이플은 먼저【인연의 가교】를 다시 끼고 시럽을 불러낸 뒤【대자연】으로 뻗은 넝쿨과 바위로 2대의 공격을 막았다. 그리고 그 틈에 자신의 몸을 얽히게 하면서 덩굴을 뻗고, 공중에 있는 2대에게 접근했다.

"시럽, 힘내!"

메이플이 공격을 끌어들이는 사이에 천천히, 덩굴이 중심으로 다가가듯이 두 사람을 몇 겹으로 뒤덮었다.

공중에서 덩굴에 뒤덮인 2대는 메이플과 함께 짓눌리듯이 거리가 좁혀졌다.

"······이제 도망 못 가."

초대의 힘을 이어받은 메이플은 【3대】다.

갓 태어난 기계신은 2대와 달리 조용히 중얼거리며, 가지고 있는 무장을 모두 들이댔다.

마찬가지로 【2대】도 모든 무장을 들이댔다.

""【공격 개시】.""

폭음과 함께 2인분의 모든 무장이 불을 뿜었다. 적색과 청색의 빛이 눈부실 정도로 번쩍였다.

이 무장들은 장비로 보이지만 장비가 아니다.

대가에 따라 위력이 정해지는 스킬이고, 메이플의 【STR】수치와는 일절 관계없다.

하지만 한 발 한 발의 위력은 그리 높지 않고 연속 공격에 치중한 무장이었다.

그렇다. 이번에는. 메인으로 전개한 무장은 몇 종류가 있다. 그것은 총일 수도, 포일 수도, 검일 수도 있다.

그리고 이번에 어느 쪽의 내구성이 높은지는 뻔한 사실이다.

덩굴 감옥이 터짐과 동시에 초대를 뒤덮은 푸른빛과 2대의 힘을 담은 기계들이 사라졌다. 메이플은 힘을 잃고 쓰러지는 기계신을 품에 받아 잘 감싸서 지면에 내려왔다.

그리고 초대는 메이플의 기계에 안겨서 잠이 들었다.

메이플은 조용히 일어서서 초대를 그의 기계, 몇몇 부품으로 구성된 친숙한 기계의 산에 기대 주었다.

"……좋아."

메이플은 푸른빛이 사라진 것을 확인한 뒤, 초대 쪽을 몇 번 돌아보며 돌아갔다.

메이플이 가라앉은 마음으로 위로 돌아왔을 무렵.

어느 길드의 한 방에서 네 플레이어가 이야기 중이었다.

한 명은 제1회 이벤트에서 1위를 차지한, 기사 같은 은색 검과 순백의 갑옷이 특징적인 페인. 일부 플레이어에게서【성검(聖劍)】이라고 불리는 것은 스킬과 외모, 양쪽에서 유래했다.

한 명은【신속(神速)】이라고 불리는 드레드다. 제1회 이벤트에서 2위였고, 사리와 마찬가지로 단검을 쓰는 갈색 피부 플레이어다.

한 명은 프레데리카. 마법직이라고 한눈에 알 수 있는 나무 지팡이에는 큼직한 보석이 박혀 있었다.

한 명은 제1회 이벤트 5위.

【땅가르기】드라그. 장식이 적은 거대한 도끼와 투박한 갑옷. 우람한 근육만 봐도 분명히 파워 파이터였다.

그들은 이야기를 나누고 있었다.

끌어들일 수 없었던 10위 이내의 사람들에 대하여.

또한 마음에 걸리는 한 길드, 【단풍나무】에 대해 이야기하고 있었다.

8장 방어 특화와 생산직.

"자, 길드 대항전 이벤트 말인데⋯⋯. 걱정되는 길드는 둘이다. 1회 이벤트에서 4위, 7위, 8위, 10위가 멤버인 거대 길드 【염제의 나라】와 소수지만 3위, 6위, 9위가 소속된 【단풍나무】."

페인은 혼자서 싸움의 판도를 바꿀 플레이어가 있다면, 이두 길드에 있으리라고 예상했다.

"【단풍나무】에는 제2회 이벤트에서 화제가 됐던 파란 옷 아이도 있지 않았던가? 녀석도 위험하다던데."

프레데리카가 그렇게 말했다.

어떻게 위험한지 확실히 모르는 것은 【단풍나무】의 정보가 압도적으로 적기 때문이다.

특히나 사리와 카나데의 정보가 적다.

"이벤트 내용에 따라 다르겠지만, 물량으로 밀어붙이면 되지 않아? 최악의 경우 페인이 어떻게 해 주면 되겠지⋯⋯."

드레드의 말처럼 그들 넷이 소속된 길드와 【단풍나무】는 소속 인원수가 너무 다르다.

소수 길드를 뭔가 우대해 주더라도 그걸 상회할 만한 물량이 있었다.

"우리 길드는 전체적으로 강한 녀석이 모였어. 문제없잖아. 전원에게 독 내성을 익히게 하고, 여유가 있는 사람은 마비 내성도 익히게 했다. 이러면 경계할 것은 【염제의 나라】쪽 아닌가?"

드라그가 그렇게 말했다.

"게다가 우리 길드는 생산직을 던전으로 데려가서 장비를 만들게 하잖아?"

프레데리카가 말하는 던전이란 3층에서 발견한 두 번째 던전으로, 생산직밖에 들어갈 수 없지만 사상 최초로 【스킬이 붙은 장비】를 만들 수 있는 소재가 손에 들어온다.

그걸 파티로 계속 돌면서 내성이 붙은 장비를 대량으로 준비하는 것이다.

"메이플이랬나? 공격 수단은 상태이상과 방패잖아? 그거 말고는 거북이? 믿기지 않지만, 특정 스테이터스 올인 타입인 모양이고……. 충분히 막을 수 있을 것 같은데."

"흠……. 일단 프레데리카에게는 정보 수집을 부탁하지. 【단풍나무】쪽도 확실히."

"페인은 참 걱정도 많다니까? 뭐, 좋아!"

그렇게 말한 프레데리카는 지팡이를 한 손에 들고 방을 나갔다.

그 뒤를 따르듯이 드레드와 드라그도 방에서 나갔다.

혼자 남은 페인이 중얼거렸다.

"……미지는 무엇보다도 무섭지. 【단풍나무】의 정보가 너무 적어."

그들은 크롬이 가진 장비의 힘을 모른다.

카나데의 마법을 모른다.

사리의 회피를 체험한 것도 아니다.

유이와 마이의 존재와 그 파괴력을 모른다.

그리고 무엇보다도.

거의 모든 멤버가, 메이플은 독과 방패로 적을 쓰러뜨린다고 생각한다.

그들은 천사도, 괴물도, 기계신도, 시럽이 광선을 쏘는 것도 모른다.

유일하게 페인만큼은 그렇지 않으리라고 직감하고 있었지만, 이를 뒷받침할 만한 근거가 전혀 없었다.

페인이 【단풍나무】를 경계하고 있을 무렵, 이즈는 길드 홈의 의자에 앉아서 허리까지 기른 물색 머리를 흔들며 안절부절못하는 기색이었다.

이즈의 귀에도 새 던전 이야기는 들려왔다.

평소에는 밖에 나가는 일이 적은 이즈도 안 갈 수 없다고 마음이 동했다.

"우…… . 메이플이나 사리에게 빌리고 싶은데…… ."

빌리고 싶다는 것은 물론 시럽과 오보로 이야기다.

두 마리가 있으면 던전 도중에 당할 일은 없겠지.

데스 페널티로는 골드와 일부 아이템의 유실, 또 일정 시간 동안 스테이터스가 떨어지는 효과도 걸린다.

그건 피하고 싶었다.

다만 이때는 두 사람 다 길드에 없었다.

그렇게 기다리기를 5분.

단 5분 만에 이즈는 인내심의 한계에 도달해서 인벤토리에 전투도구와 채취용 아이템을 최대한 챙겨 들고 뛰쳐나갔다.

그리고 기계로 날아가기를 5분.

이즈는 던전에 도착했다.

"자…… 채굴해 볼까."

이즈는 발견한 광석이나 결정을 팍팍 채굴했다.

생산직은 무기 스킬이나 불 마법 등의 마법을 일절 익힐 수 없는 대신 전용 스킬을 익힐 수 있다.

【대장】이라든가【조합】같은 것을 말이다.

다만 그것들은 공방에서밖에 쓸 수 없다.

예외적으로【조합】의 경우 레벨 Ⅴ까지 작성 가능한 것은 어디서든 만들 수 있지만, 당연히 소재가 필요하고 경우에 따라서는 소지 수량에 제한이 있다.

예를 들어서 생산직의 귀중한 공격 수단인 폭탄은 공방에서밖에 만들 수 없고, 다섯 개만 소지할 수 있다.

포션은 두 번째로 회복능력이 낮은 것밖에 만들 수 없다.

또한 무기 공격 대미지가 감소한다는 성가신 덤까지 붙는다.

그 대신에【대장】등의 스킬로 장비를 완성시켰을 때 경험치가 들어온다.

즉, 생산직에게 전투는 어렵다는 소리다.

생산직이란 그것을 개의치 않고 생산에 매진한 자들이다.

물론 이즈도 예외는 아니다.

오히려 이즈는 생산직의 선두주자다.

생산 관련 모든 스킬을 올리기 위해서 발매일부터 오로지 광석을 캐고 대장을 하고 재봉을 하고 재배를 하고 조합을 하고, 때로는 철야로 계속했다.

투자한 시간은 강함으로 바뀌고, 생산 능력에서는 맞설 자가 없다.

그 대신에 생산직의 귀중한 공격 스킬인【투척】의 레벨이 낮았다.

【투척】이란 나이프 등의 아이템을 던져서 입히는 대미지를 증가시키는 스킬이다.

이즈는 소재를 남에게 받는 쪽으로 치중했기 때문에 【투척】
이 낮은 상태였다.

"이쪽에 낚시 스폿도 있네."

이즈는 낚싯대를 꺼내어 낚시를 시작했다.

낚이는 것은 여태까지 본 적 없는 소재를 드롭하는 물고기들.

이즈의 눈은 천진난만한 초등학생처럼 반짝였다.

이즈의 낚싯대는 자작품이다.

여기서 얻는 소재는 【스킬이 붙은 장비】를 만들 수 있지만,
그건 어디까지나 【장비】 이야기다.

일부 아이템에는 이전부터 스킬을 붙일 수 있었다.

이즈가 가진 곡괭이나 낚싯대는 레어 드롭 확률을 올리고,
좀처럼 망가지지 않고, 아이템 드롭이 늘어나고, 채굴 속도가
빨라지는 등 엄청난 성능이다.

이것들은 이즈가 대량의 소재와 시간을 들여서 만든 것이
고, 다른 생산자와의 격차를 넓힌 부분이었다.

이즈는 낚시를 마치고 더욱 안쪽으로 들어갔다.

"몬스터가 전혀 안 나오네. 나로서는 고맙지만."

생산자밖에 들어갈 수 없는 던전에 생산자가 쓰러뜨릴 수 없
는 적만 배치할 수도 없다.

그 연장선의 이야기로, 여기는 몬스터가 특정 장소에서만
나왔다.

보스 몬스터하고만 싸울 수도 있다.

이즈는 도중에 지나친 방에서 등에 결정이 맺힌 몬스터와 만났지만, 전투를 피했다.

보스의 정보를 이미 알고 있기 때문이다.

보스방에는 들어간 순간 탈출용 마법진이 빛나기에 보스를 쓰러뜨리지 않아도 탈출할 수 있다는 사실도, 보스가 가진 결정이 오늘의 목표인 소재이고, 곡괭이로 언제든지 채취 가능하다는 것도 이미 알고 있었다.

그렇기 때문에 도중에 만난 몬스터도 곡괭이를 쓰면 잡을 수 있을 거라고 생각했지만, 괜한 소비는 피하기로 했다.

그렇게 피라미와의 전투를 피하며 채집을 거듭하는 사이에 도달한 보스방의 문을 꾸욱 밀어 열고 안으로 들어갔다.

방은 사방이 아름답게 빛나는 백수정으로 뒤덮여 있었다.

그리고 방 안쪽에 몸을 웅크리고 있던, 등에 같은 색의 수정이 잔뜩 난 대형 도마뱀이 천천히 일어섰다.

"등에 달린 수정…… 받아갈게."

그렇게 말하고 이즈는 곡괭이를 들었다.

"여……차!"

이즈는 도마뱀이 돌진해오는 것을 여유롭게 피하고 곡괭이를 휘두르며 다시 거리를 벌렸다.

회피를 완전히 버린 건 메이플 정도고, 이즈도 생산직이기는 하지만 상당한 【AGI】를 갖추었다.

그렇기 때문에 움직임이 느린 도마뱀의 돌진을 피하기란 쉬웠다.

이즈가 도마뱀 쪽을 돌아보자, 도마뱀의 HP가 줄어든 것을 알 수 있었다.

"정보대로네……. 내 곡괭이라면 버티려나?"

이즈의 곡괭이는 운과 시간이 만들어낸 최고 걸작.

이즈는 모든 결정을 파괴하는 것도 불가능하지는 않을 거라는 결론을 내렸다.

다만 도마뱀의 속도는 결정을 깎아낼수록 빨라진다.

거기에 대응할 수 있느냐가 문제다.

"사리처럼 회피할 수 있으면 편하지만!"

돌진하는 도마뱀을 피하면서 결정을 캐는 것을 반복했다.

그러는 사이에 도마뱀의 움직임이 변하여, 벽을 달리거나 천장에 달라붙은 뒤에 떨어져서 등의 수정으로 공격하거나 했다.

"어머…… 지면에 꽂히네? 그럼 사양 말고……."

날카로운 수정을 아래로 하고 천장에서 떨어지면서 바닥에 꽂힌 도마뱀은 원래대로 복귀하는 데 시간이 걸린다.

그 사이 곡괭이를 휘두르고, 훤히 드러난 배에 폭탄을 던졌다.

하지만 폭탄으로는 대미지를 줄 수 없었다.

"어머, 역시 부드러운 곳에 던져도 대미지가 안 들어가네."

공격은 통하지 않는다는 정보가 있었지만, 어디까지 안 통하는지는 시험하지 않았다. 조금이라도 빨리 전투를 끝낼 수 있었으면 좋겠지만, 그렇게 마음대로 되지 않는 모양이다.

이즈는 곡괭이를 휙휙 휘둘렀다.

품질이 떨어지는 곡괭이라면 진즉 깨졌겠지만, 이즈의 곡괭이는 아직 4분의 3 정도 내구치가 남아 있었다.

이즈는 도마뱀의 등이 지면에 꽂히는 타이밍만 노리고, 다른 때는 거리를 벌려 계속 도망쳤다.

이게 일반적인 회피다.

사리처럼 종이 한 장 차이로 피하고 카운터를 노리는 것은 솔직히 말해서 이상하다.

"메이플에게 자동 HP 회복 장비라도 만들어 주면 좋겠네. ……흡!"

우지끈 소리를 내며 결정이 또 하나 깨지고 이즈의 수중에 들어왔다.

이럭저럭 하는 사이에 도마뱀의 속도는 빨라지고, 이즈는 완전히 피하지 못해 튕겨져 날아갔다.

"큭……. 두 번은 못 버티겠네."

이즈의 장비칸은 【아이템 파우치】로 도배된 상태였다.

【아이템 파우치】는 세팅한 포션 등의 일부 아이템을 두 시간 이상 보관하는 기능이 있고, 이즈는 거기에 포션을 가득 채워 놓았다.

다만 고작해야 파우치라서 하나당 들어가는 아이템은 다섯 개뿐. 결코 많지 않다.

그래도 회복속도를 높일 수 있다는 이점은 컸다.

"휴우……. 한 번, 아니…… 두 번은 【간이수리】하지 않으면 안 되겠어."

이즈는 곡괭이의 내구치와 도마뱀의 HP를 확인하면서 그런 결론을 내렸다.

【간이수리】란 내구치를 아주 약간 회복할 수 있는 스킬이다.

아주 약간이라고 해도, 망가지기 어려운 이즈의 곡괭이만큼 품질이 좋은 물건이라면 보통 곡괭이의 큰 회복량에 필적한다.

"꽂힌 타이밍에 수리해야지."

대미지를 받을 때마다 손수 만든 최고급 포션으로 회복하며 버텼다.

또한 곡괭이를 사용할 찬스가 있으면 휘둘렀다.

그렇게 조금 지나자, 예상대로 도마뱀이 지면에 꽂혔다.

"【간이수리】."

곡괭이의 내구치를 회복시키고 도마뱀을 공격.

이 사이클을 한 번 더하고, 다음에는 곡괭이로 공격하는 것에 전념하여 도마뱀의 HP를 깎았다.

　이즈의 계산은 틀리지 않았다.
　도마뱀의 HP와 곡괭이의 내구치를 비교하면, 도마뱀의 HP가 먼저 바닥날 것이 명백할 정도로 도마뱀의 HP가 줄어든 상태였다.
　"몇 번만 더……! 방심하지 말고."
　그 선언처럼 이즈는 죽지 않을 정도의 움직임으로 싸웠다.
　포션을 아낌없이 써서, 자기 살을 내주고 적의 뼈를 갈랐다.

　그리고 마침내 도마뱀은 지면에 쓰러졌다.

　"허억…… 허억……! 혼자서 잡은 건 처음이네……. 나한테 전투는 무리야……. 그것도 포함해서 생산직을 하길 잘했어……."
　그렇게 말하며 이즈는 인벤토리를 확인했다. 자랑하는 곡괭이 덕분에 상당한 양의 결정을 입수할 수 있었다.
　그 곡괭이도 내구치는 아슬아슬했지만, 계산한 대로니까 문제는 없다.
　"휴우……. 우리 길드라면 이만큼 있으면 문제없어. 돌아가자…… 어라?"
　마법진에 들어가려고 돌아보자, 보물상자가 하나 보였다.

이즈는 조심조심 다가가서 몸을 웅크려 상자 표면을 콩콩 두드렸다.

"이런 건 정보에 없었는데…… 일단 열어볼까."

이즈가 가만히 상자를 열자, 안에는 다소 낡은 롱코트와 큼직한 고글, 그리고 부츠가 들어 있었다.

이즈가 그것들을 인벤토리에 넣고서 어떤 것인지 확인했다.

"과연……. 그 세 사람이 수리하러 오지 않는 건 이런 이유 때문이구나."

연금술사의 고글
【DEX +30】【파괴불가】
스킬【심술쟁이 연금술】

연금술사의 롱코트
【DEX +20】【AGI +20】【파괴불가】
스킬【마법공방】

연금술사의 부츠
【DEX +10】【AGI +15】【파괴불가】
스킬【새로운 경지】

【심술쟁이 연금술】
골드를 일부 소재로 변환할 수 있다.

> **【마법공방】**
> 모든 장소에서 공방을 사용할 수 있다.
>
> **【새로운 경지】**
> 새로운 아이템을 제조할 수 있다.

이즈는 바로 그것들을 장비하고 이번에야말로 마법진에 들어갔다.

이것으로 이즈는 한도 없이 저축할 수 있는 골드에서 화약이나 약초를 생산할 수 있게 됐다.

또한 고난이도 생산도 가능해졌다.

즉, 차례차례 폭탄을 생산하여 【투척】으로 던지는 것으로 생산직의 범주를 벗어난 공헌이 가능해진 것이다.

이즈가 도마뱀과 싸우던 무렵, 엇갈리듯이 메이플이 길드 홈에 돌아왔다.

"으음……. 돌아왔지만…… 할 일도 없으니 공중산책이나 할까."

메이플이 다음에 할 행동을 생각하는데 입구에서 사리가, 안쪽에서 유이와 마이가 나타났다.

"아! 세 사람 다 나랑 같이 공중산책 안 할래? 어때?"

"으음……. 그래, 좋아."

""우리도 갈게요.""

세 사람 다 쾌히 승낙해 주었기에 넷이서 밖으로 나갔다.

유이와 마이가 시럽의 등에 탔기 때문에, 사리도 그러기로 했다. 유이와 마이는 기계보다도 시럽이 더 좋은 모양이었다.

올인 타입이기 때문에 메이플과 생각이 비슷한 거라고 사리는 혼자 납득했다.

"다들 탔어? 간다!"

메이플은 세 사람이 탄 것을 확인하고 시럽을 띄워서 하늘로 올라갔다.

"메이플은 어디에 다녀왔어?"

"으음……. 신이 계신 곳."

"""뭐……?"""

모두의 예상을 아득히 뛰어넘는 대답에 머리가 정지했다.

그런 가운데 처음으로 입을 연 것은 사리였다.

"저기……. 뭘 손에 넣은 거야?"

이미 확신을 품고 그렇게 묻는 사리에게 메이플은 잠시 생각한 뒤에 대답했다.

"으음, 완전히 쓰면 눈에 띄니까 조금만. 【전개-왼손】."

한 번 장비를 파괴하면 일정 횟수 동안 그 장비에서 무장을 만들어낼 수 있다.

메이플의 왼손에서 총이 몇 자루 전개됐다.

"우와아…… 어어?"

"쏠 수도 있어! 쏘진 않을 거지만."

"대, 대단하네요……."

메이플은 다른 플레이어가 보기 전에 무장을 집어넣었다.

"길드 대항전에서는 기대할게."

"맡겨 줘! 제3회 이벤트 때도 열심히 할게! 유이랑 마이도 힘내자!"

""예, 옙!""

"뭐, 두 사람은 메이플하고 같이 행동하니까. 아무래도 【헌신의 자애】가 필요해."

"두 사람은 이제 통상공격이 스치기만 해도 몬스터가 가루가 난댔지?"

"네! 쌍수 무기도 연습하고 있어요!"

두 사람은 쾌활하게 함께 대답했다. 여태까지의 어중간한 공격력을 탈피해서, 말 그대로 맞기만 하면 상대가 죽을 정도였다.

대형망치를 두 자루 휘두르는 장점을 살려서 몬스터 정도는 곤죽으로 만들 수 있다.

레벨을 올린 뒤로는 쉽사리 죽지 않게 되어서 플레이가 재미있어졌다.

"으음……. 메이플. 이 밑에 호수가 있어."

"헤에……. 가 볼까?"

유이와 마이도 찬성하는 모양이라서, 고도를 낮춰 호수 옆에 착지했다.

네 사람은 그 자리에 앉아 호수의 물을 참방거리거나 했다. 유이와 마이는 한눈에도 파괴력이 있어 보이는 대형망치를 옆에 두고 쉬었다. 어느 쪽에 시선을 맞추냐에 따라서 인상이 변하는 건 틀림없다. 조용히 수면이 흔들리는 호반은 현실이라면 시원해서 기분 좋은 곳이겠지.

"대항전은 어떤 느낌일까?"

"시간가속이 있다고 그랬으니까, 기간은 하루 이상이겠지……. 어디 보자."

사리가 그렇게 말하며 천천히 일어섰다.

"왜 그러나요?"

"뭐 있어?"

"응. 우리를 미행하는 플레이어가 한 명."

그렇게 말하며 걸어간 사리가 조금 뒤쪽의 바위 뒤를 들여다보았다.

거기에는 금발을 사이드테일로 한 플레이어가 한 명 있었다. 프레데리카였다.

"아……. 들켰네……."

"우리를 미행해? 왜?"

메이플이 고개를 갸웃거렸다.

유이와 마이도 이유를 모르는 모양이었다.

"뭐, 길드 대항전을 위한 정보 수집이겠지. 우리는 길드 멤버가 적으니까 멤버에게서 정보가 흘러나오는 일도 적고."

사람이 늘어나다 보면 당연히 정보를 관리하기 어려워진다. 대규모 길드는 누가 실수로 정보를 유출하는 일이 많을 게 틀림없었다.

"그래서 미행하던 당신에게 할 말이 있는데."

"무, 무슨 소릴까?"

사리는 얼굴을 가져가서 작은 목소리로 속삭였다.

"【집결의 성검】이나…… 【염제의 나라】의 정보를 가지고 있거든 넘겨주겠어?"

【집결의 성검】은 페인의 길드. 즉, 프레데리카가 소속된 길드다.

프레데리카가 슬금슬금 뒷걸음질을 쳤다.

"왜, 왜 그런 짓을 해야 하는데?"

"넘겨준다면 나랑 【결투】하게 해줄게. 내 정보도 필요하잖아? 전투 중에 캐는 것도 좋고, 또…… 나한테 이기면 나에 대해서 뭐든지 하나 가르쳐 줄게."

사리가 그렇게 말하자, 프레데리카는 살짝 고개 숙이고 생각하기 시작했다.

【결투】란 룰을 정하고 하는 PVP다.

사리의 말처럼 사리에 관한 정보는 부정확하고 양이 적다.

그런 가운데 직접 전투능력을 캘 수 있다면 이 기회를 버려서는 안 된다는 결론을 내렸다.

게다가 프레데리카가 【염제의 나라】의 정보를 흘리면 【단풍나무】와 【염제의 나라】가 서로 붙게 될 가능성도 크다.

그렇게 되면 위험시하는 두 길드를 동시에 약화할 수 있다.

일단 정보만 넘기면 그 목적은 달성할 수 있다.

사리가 【결투】를 거부하고 정보만 가지고 튀더라도 문제는 없었다.

"으음, 좋아! 나는 【염제의 나라】 정보밖에 모르니까, 그걸 말할게."

프레데리카는 【염제의 나라】에 관해 아는 정보를 거짓 없이 사리에게 말했다.

이왕 이렇게 되면 확실히 서로를 소모시켜야 하기 때문이다.

그 안에는 귀중한 정보도 섞여 있었다.

"흐응…… 【트래퍼】라. 그 플레이어는 몰랐어."

"그럼 약속대로 부탁합니다."

프레데리카는 어차피 받아들이지 않을 거라고 생각하면서 그렇게 말했다.

사리라면 여기서 도망치는 게 베스트라고 생각한 것이다.

"자, 신청했어."

"예?……어, 어어, 예."

프레데리카는 곤혹스러워하면서도 신청을 받았다.

룰은 다른 공간으로 전이해서 HP가 0이 될 때까지 싸우는 데스 매치.

눈앞에 나타난 마법진에 들어간 두 사람의 모습이 사라졌다.

남겨진 메이플은 당연히 놀랐다.

"어, 어디로 간 거지?!"

"메이플 씨! 아, 아마 저건 결투예요! 그런 시스템이 있었을 거예요."

"그, 그래?"

유이의 말을 들어보니, 결투가 끝나면 돌아온다고 하니까 셋이서 낚시라도 하면서 기다리기로 했다.

그렇긴 해도 올인 타입인 세 사람은 낚시도 서투르지만.

두 사람이 전이한 곳은 그저 평평한 투기장이었다. 도착하자마자 프레데리카가 말을 시작했다.

"이기면 뭐든지 하나 가르쳐주는 거지?"

"물론. 거짓말은 안 해."

프레데리카가 지그시 사리의 눈을 바라보았다. 도무지 거짓말을 하는 분위기는 아니었다.

그 의도를 읽을 수 없는 프레데리카는 적당히 힘을 숨기면서 사리에 대해 캐기로 했다.

그렇게 쓰러뜨릴 수 있다면 쓰러뜨리는 쪽으로 생각했다.

"10초 뒤에 시작하는 걸로."

"알았어."

10초 뒤, 두 사람의 결투가 시작됐다.

사리와의 결투가 시작되고 1분.

프레데리카는 사리를 관찰하면서 마법을 연사하고 있었다.

"음……. 정말로 안 맞네."

프레데리카는 사리에게 한 방도 맞히지 못했다.

다만 절대로 못 맞힌다는 생각은 하지 않았다.

사리는 현란한 움직임으로 회피하지만, 그 회피에는 군데군데 아슬아슬한 부분이 있고 공격으로 전환하지도 못한다고 프레데리카는 판단했다.

"……조금 더 관찰하다가 쓰러뜨리자."

선언한 대로 사리의 회피 능력을 계속 관찰하던 프레데리카는 정말로 대단한 회피 능력이라고 느꼈다.

마법이나 스킬로 계속 공격했지만 한 대도 맞지 않았으니까.

하지만 프레데리카는 아직 전력을 낸 게 아니었다.

"【다중염탄】!"

프레데리카의 목소리와 함께 주위에 대량의 마법진이 전개되고, 거기서 화염 탄환이 연이어 발사되어 사리를 덮쳤다.

프레데리카는 이걸로 사리가 쓰러질 거라고 예상했다.

"【공격유도】!"

프레데리카의 귀에도 확실히 들린 그 말.

그리고 말이 끝난 순간 사리의 움직임이 완전히 변했다.

화염탄이 사리를 피하는 듯한 착각마저 느껴지는 광경.

마치 사리를 지키는 뭔가에 이끌리듯이 사리의 몇 밀리미터 옆을 화염탄이 지나쳤다.

조금 전까지의 아슬아슬한 모습은 사라지고, 어느 틈에 프레데리카의 눈앞까지 와서 대거를 휘두르려고 했다.

"【다중장벽】!"

프레데리카의 눈앞에 금색 마법진이 여러 겹 나타나서 사리의 대거를 막아냈다.

한 겹, 두 겹, 차례로 마법진이 깨지고, 최종적으로 다섯 장의 마법진이 깨졌다.

사리는 반격을 받지 않으려고 후퇴하여 거리를 벌렸다.

"써버리고 말았지만…… 【다중장벽】을 봤으니까 좋은 걸로 칠까……."

프레데리카는 틀림없이 강자다.

자기 강함에 자신감을 가지고 있다.

그렇기 때문에 경험과 대조하여 사리가 말한 【공격유도】를 스킬이라고 단정했다.

또한 너무 강력한 그 스킬에 긴 쿨타임이 있을 거라는 데까지 생각이 도달하는 것도 당연했다.

　프레데리카는 이상한 공격력을 내는 대거를 경계해야 한다는 정보를 새롭게 얻었다.

　하지만 프레데리카는 깨닫지 못했다.

　【공격유도】라는 스킬은 존재하지 않음을.

　그것이 거짓이라는 사실을.

　사리는 그저 보고 피한 것이다.

　그것뿐이었다.

　"【다중수탄】!"

　프레데리카가 다음에 쏜 것은 물의 탄환.

　사리는 그것을 계속 뛰어서, 【초가속】까지 써서 아슬아슬하게 피했다.

　마지막에는 지면을 구르면서까지 간신히 피한 사리를 보고 프레데리카는 확신했다.

　【공격유도】에는 쿨타임이 있고 그건 적어도 몇 분 정도가 아니라고.

　사리가 한 거짓말이라는 씨앗은 프레데리카의 안에 슬금슬금 뿌리를 내렸다.

　"【다중석탄】!"

　프레데리카는 이걸로 끝내면 무엇에 대해 듣고서 돌아갈지 생각했다.

그리고 숨이 턱에 닿은 사리가 마침 균형을 잃고 돌 탄환을 피할 만한 자세가 아니게 됐다.

"좋아, 이겼네."

프레데리카가 긴장을 풀었을 때, 사리가 한 말이 프레데리카의 귀에 닿았다.

"【유수】!"

프레데리카가 응시하는 가운데, 사리는 모든 탄환을 두 손의 대거로 튕겨냈다.

프레데리카는 이번 행동과 물 탄환 때의 행동을 비교해서, 이 스킬이 실체 있는 것에만 쓸 수 있는 것이라고 이해했다.

그것 또한 무의미한 이해였지만.

그러는 가운데 모든 돌 탄환을 다 튕겨낸 사리가 프레데리카에게 접근했다.

"예~! 나는 【항복】하겠습니다!"

"어? ……어, 그래."

사리의 눈앞에 승리라는 두 글자가 나타나고 결투는 끝, 원래 있던 장소로 돌아왔다.

"그럼 이만."

프레데리카는 사리에게 손을 흔들고 떠나갔다.

그리고 조금 떨어진 곳에서 혼잣말을 중얼거리기 시작했다.

"으음, 【다중장벽】을 써버린 건 아까웠어……. 하지만 그 이상 전투하면 내 정보도 잔뜩 드러날 것 같고……. 응, 거기서 멈추는 게 좋았어."

자기가 사리에게서 정보를 뜯어냈다고 생각하는 프레데리카.

우위에 섰다고 생각하는 그녀는.

누가 진짜 사냥감이었는지 끝까지 알아차리지 못했다.

사리는 떠나가는 프레데리카의 뒷모습을 향해 조용히 중얼거렸다.

"내 급이 더 높으면, 급이 낮은 것처럼 연기하기 쉬운 법이거든? ……후후후."

사리는 처음에 나눈 대화에서 프레데리카가 【집결의 성검】이란 단어에만 반응하고 다소 경계한 것을 놓치지 않았다.

또한 프레데리카가 【염제의 나라】의 정보를 넘기려는 모습을 보면 그 길드가 【집결의 성검】이란 사실은 거의 확정이다.

그러는 것으로 【집결의 성검】은 이익을 얻을 수 있다.

사리도 적들을 서로 싸우게 하자는 생각이 있었기 때문에 프레데리카의 생각을 쉽사리 상상할 수 있었다.

"잘못된 정보는 아무것도 모르는 것보다 무섭지……."

사리는 프레데리카의 마법의 특징이나 MP의 양, 방어능력이 높은 것을 새롭게 알았다.

프레데리카는 【공격유도】와 【유수】라는, 무섭지만 대책이 가능한 스킬을 알 수 있었다.

아니, 그런 스킬이 있다는 거짓 정보를 얻었다.

그렇다. 프레데리카는 자기가 강하다고 자만한 나머지 약자를 연기한 사리의 본질을 잘못 파악하고, 제대로 된 정보를 하나도 얻지 못했다.

프레데리카는 강하다, 하지만 사리는 더 강하다.

"교만은 눈을 흐리지……. 아, 무서워, 무서워."

사리는 그렇게 말하고 메이플 일행에게 돌아갔다.

"나 왔어."

"아, 어서 와! 잘 풀렸어?"

"응, 적당히 하고 돌려보냈어. 나도 낚시라도 할까."

넷이서 나란히 수면에 낚싯줄을 늘어뜨렸다.

사리의 낚싯대만 엄청난 기세로 낚이는 건 어쩔 수 없겠지.

"그러고 보면 메이플은 강해진 유이와 마이가 싸우는 걸 본 적 없지? 오…… 또 걸렸다!"

"그런데. 대항전 준비는 완벽해?"

유이와 마이는 양손의 무기를 조금만 더 잘 다룰 수 있으면 완벽하다고 대답했다.

현재 두 사람은 메이플과 사리의 특수성을 희석하여 뒤섞은 듯한 능력이며, 한정된 상황에서 모든 것을 때려 부수는 부조리한 존재가 될 수 있다.

"두 사람의 전투를 볼래? 사람 눈에 안 띄는 곳까지 가서."

""우리도 보여주고 싶어요!""

"그럼 인적 없는 숲이라도 가볼까. 던전이 있는 곳과 반대쪽으로 가면 사람도 적겠지?"

"응, 그래."

네 사람은 시럽의 등을 타고 둥실둥실 날아가서 인적 없는 숲속으로 향했다.

"좋아, 도착!"

메이플 일행은 숲속에 있는 트인 장소에 착륙했다.

그곳은 두 사람이 망치를 휘두를 만큼 넓었다. 두 사람은 또한 자루의 망치를 꺼내어 장비를 마쳤다.

"그럼 우리는 조금 떨어져서 보자."

"그러자."

그리고 잠시 뒤에 몬스터가 사방의 덤불에서 나타났다.

유이와 마이는 스킬을 쓰는 일 없이 양손의 무기를 휘둘렀다.

맞으면 즉사하는 네 자루의 대형망치가 사정없이 몬스터를 덮쳤다.

몬스터는 재빠른 움직임으로 유이의 첫 공격을 피했지만, 그걸 예상한 마이의 일격을 몸에 맞고 터졌다.

마이에게 빈틈이 생기면 유이가 틈을 메운다. 대형망치는 사거리가 길어서 서로 커버하기 쉬웠다. 애초부터 호흡이 잘 맞던 두 사람의 연계는 사리의 가르침으로 더욱 좋아졌다.

또한 두 사람에게 대미지를 받고도 계속 접근할 수 있는 몬스터는 없었다.

일격만 넣으면 되니까 정신적으로 편했다.

그야말로 죽기 전에 죽이는 방식이다.

"공격력이 엄청나네……."

"메이플의 방어력도 저런 식으로 보여."

"오…… 그런가."

그렇게 대화하는 사이에 몬스터들이 날아갔다.

그렇게 유이와 마이의 전투를 한바탕 본 뒤에 네 사람은 시럽을 타고 다시금 하늘로 날아올랐다.

하늘로 돌아간 순간. 네 사람에게 동시에 메시지가 왔다.

그것은 이벤트의 내용이 담긴, 운영진이 보낸 메시지였다.

네 사람은 각자 메시지를 훑어봤다.

"시간가속…… 전과 마찬가지로 도중 참가나 중단은 없나."

"기간은 5일인가……. 조금 짧아졌네."

그리고 여기부터가 중요했다.

다음에 적힌 것은 이벤트의 내용이었다.

길드 규모와 관해서.

20명 이하를 소규모, 21명 이상 50명 이하를 중규모. 51명 이상을 대규모로 한다.

길드별로 배치된 아군 오브의 방어. 또한 적군 오브의 탈취.

아군 오브가 아군에게 있는 경우, 6시간에 1포인트.

소규모 길드의 경우, 2포인트.

적군 오브를 아군이 가지고 돌아와서 3시간 방어하면 아군에 2포인트. 또한 빼앗긴 길드가 마이너스 1포인트.

소규모 길드에 빼앗긴 경우, 오브를 빼앗긴 길드는 마이너스 3포인트.

중규모 길드에 빼앗긴 경우, 오브를 빼앗긴 길드는 마이너스 2포인트.

빼앗은 적군 오브는 포인트 처리가 끝나는 대로 원래 위치로 돌아간다.

방어시간 3시간 이내에 탈환된 경우, 포인트 증감은 없다.

같은 길드 멤버의 위치나 아군의 오브 위치는 스테이터스와 마찬가지로 패널에 표시되는 맵으로 확인할 수 있다.

탈취한 오브는 아이템칸에 들어간다.

길드 규모가 작을수록 방어하기 쉬운 지형이 된다.

길드에 소속되지 않은 플레이어는 참가 신청을 하면 복수 작성되는 임시 길드 중 어딘가로 참가 가능.

사망 횟수에 관해서.

1회. 스테이터스 5퍼센트 감소.

2회. 추가로 스테이터스 10퍼센트 감소.

3회. 추가로 스테이터스 15퍼센트 감소.

4회. 추가로 스테이터스 20퍼센트 감소.

5회. 탈락.

플레이어가 전멸한 길드에서는 오브가 발생하지 않는다.

같은 길드에서 오브를 빼앗는 것은 1일 1회 가능.

룰은 이 정도였다.

"과연⋯⋯. 다섯 번 죽으면 끝인가. 뭐, 세 번쯤부터 위험할까? 네 번 당하면 스테이터스 50퍼센트 다운이고."

【단풍나무】의 인원을 생각하면 사람을 함부로 소비할 수도 없다.

대형 길드처럼 죽음을 겁내지 않는 물량 공세는 쓸 수 없다.

"이 느낌이면 일단 방어에 숫자를 할애하고 싶지만⋯⋯ 이건 꽤 힘드네⋯⋯. 으음, 하지만 잘만 공격하면⋯⋯."

"어디가 문제야?"

"일단 공격에 내보낼 인원이 부족해. 방어도 마찬가지⋯⋯. 그리고 이게 최대의 문제점인데, 아무래도 피로가 쌓여. 계속해서 누군가가 쳐들어올 테고, 야간 습격도 있어. 소수의 문제점은 쉽게 쉴 수 없다는 점이야.”

메이플이 잠들었을 때의 전력저하는 엄청나다.

메이플만 만전이라면 오브를 가져와서 방어하는 것에 희망을 걸 수 있겠다.

“그렇구나……. 저번 시간가속과 달리 누군가가 공격해 오니까 계속 싸우게 되는구나.”

전투가 이어지면 쉴 틈도 없어져서 차츰 판단력이 떨어진다. 사리에게는 회피 능력 저하로 직결되기 때문에 힘들다.

또한 메이플에게도 힘든 점이 있다.

“메이플의 【악식】의 약체화도 닷새 동안에 들킬 테고……. 메이플이 스킬을 다 써서 대부분의 스킬에 횟수 제한이 있다는 게 알려지면 큰일이야.”

메이플을 하루 종일 공격하면, 틀림없이 대규모 스킬을 쓸수 없게 된다.

즉, 하루의 끝이 가장 위험한 시간대다.

“그건 그래…….”

“메이플의 능력을 언제까지 숨길 수 있느냐가 승패의 열쇠……일지도.”

메이플의 스킬 중에는 결정타가 될 게 몇 가지 있고, 그것들은 알려지지 않았다.

아슬아슬할 때까지 숨기는 것으로 대응을 늦추고 버티는 것이 목표다.

"방어는 메이플과 유이와 마이로 확정이겠네. 필드를 돌아다닐 수는 없으니까…… 카나데도 넣어도 좋을지도."

"그럼 자세한 내용은 지금부터 돌아가서 이야기할래?"

유이와 마이도 찬성했다.

두 사람은 이번이 첫 시간가속 이벤트다. 메이플과 사리가 개요를 설명하면서【단풍나무】홈으로 향했다.

◆ □ ◆ □ ◆ □ ◆ □ ◆

새로운 이벤트 공지가 나오면서 관련된 이야기가 많아졌다.

물론 이벤트에 관심을 보이는 곳이 메이플네 길드만 있는 건 아니다. 많은 길드에서 강력한 플레이어의 정보가 돌았다. 특히나 제1회 이벤트에서 상위에 든 플레이어가 많은 길드에는 주의가 필요하다는 이야기가 나왔다.

그중에서도【집결의 성검】,【염제의 나라】, 그리고【단풍나무】의 길드 마스터는 경계 대상이었다.

"【염제의 나라】는 길드 마스터인 미이의 화력을 어떻게든 해야 해. 그건 이미 마법사의 수준이 아니야."

"게다가 미저리가 옆에 있으면 MP가 떨어지지도 않고. 분단을 해야……."

"【집결의 성검】은 고렙 플레이어도 많아서 그냥 실력으로 밀려. 그건 피하는 수밖에 없어."

"남은 건 메이플인가. 그건 뭐라고 할까…… 차원이 다르다고 할까, 안 그래?"

"그래, 뭐…… 일단 독 내성. 그리고 화력에는 제한이 있다고 들었으니까. 잡지 못해도 도망치면 돼. 속도는 느리니까."

남자는 그렇게 말했다. 그래, 메이플과 정면에서 부딪칠 필요는 없다. 화력을 깎아내고, 안 되겠다 싶으면 도망친다. 건드리지만 않으면 해 될 일 없다.

"……저쪽에서 쳐들어온다면?"

"시작 마을에 마왕이 오면 무슨 수가 있겠냐?"

"……하긴."

이런 이야기를 하는 그들은 아직 모른다. 예시로서 든 마왕에게는 왕왕 강력한 부하들이 있고, 그들은 마왕을 보필하는 힘을 가지기도 한다.

차원이 다른 게 한 명이라고 단언할 수는 없었다.

화제에 오른 것을 모르는 채로 이벤트 일정과 내용을 파악한 【단풍나무】 멤버들은 대화를 마치고 저마다 이벤트 준비를 시작했다.

다행스럽게도 【단풍나무】는 전원이 참가 가능한 일정이었기에 각자의 역할을 나누었다.

메이플, 유이, 마이, 이즈가 거점 방어.

사리, 크롬, 카스미가 공격.

그리고 카나데가 방어와 공격을 겸임하는 형태로 정해졌다.

크롬과 카스미는 몬스터와 싸워서 드롭 아이템 모으기.

이건 이즈의 소지 골드 증가를 노리는 것과 감각을 단련한다는 두 가지 이유가 있었다.

사리는 회피 훈련이라고 말하고 길드 홈을 나갔다.

유이와 마이는 2층으로 나가서 눈에 띄지 않도록 연계 능력을 강화할 예정이다.

카나데는 이즈의 부탁으로 최상급 MP 포션 제작을 위한 소재를 모으러 필드로 나갔다.

그리고 메이플은 길드 멤버들에게 자유롭게 탐색하라는 부탁을 받았기 때문에, 드롭 아이템을 모으면서 3층을 어슬렁거리기로 했다.

사리는 혼자 2층의 몬스터 다발 지역에 들어갔다.

그리고 계속해서 공격을 피했다. 그것은 몸에 띈 파란색 오라가 최대치까지 커져도 멈추지 않았다.

사리는 집중력의 지속시간을 늘리려고 정밀한 움직임을 계속했다.

다행스럽게도 학생인 사리는 여름방학 중이기 때문에 장시간 플레이가 가능했다.

"……흡!"

단검이라고 생각할 수 없는 위력을 가진 공격이 몬스터의 목숨을 앗아도 계속해서 솟아 나왔다.

사리는 스스로 정한 목표에 도달하려고 계속해서 몸을 움직였다.

"……응, 철야도 시험해 보자."

사리는 지금 할 수 있는 최선을 계속해 나갔다.

유이와 마이는 2층에서 싸우고 있었다.

이벤트의 작전도 정해졌고, 메이플을 온존시키기 위한 중요한 역할을 맡게 된 두 사람은 기합이 들어갔다.

이즈에게 대형망치를 포함한 모든 장비를 받은 두 사람은 각자의 머리카락 색깔과 같은 대형망치 두 자루와 거기에 맞춘 순백과 칠흑의 장비를 입고 있었다. 흰색에는 핑크색, 검정색에는 녹색 리본을 단 귀여운 옷에 파괴력 만점인 대형망치를 두 개 든 모습은 정말 이질적이었다.

장식품으로는 반지 두 개와 리본.

하나같이 【STR】를 올리는 장비로, 극한으로 공격에 특화됐다.

지금은 서로를 지키듯이 움직이지만, 메이플의 지원으로 방어를 버리고 공격하게 되면 참극을 피할 수 없겠지.

유이와 마이의 스테이터스를 모르기 때문에 방패로 공격을 막으려는 사람도 있으리라.

방패의 성질에 달렸지만, 방패까지 함께 날아갈 수도 있다.

그렇게 되면 상대편은 냉정하게 있기 어렵다.

그렇게 넋이 나간 사이에 공격을 맞고 끝나는 것이다.

"【더블 임팩트】!"

스킬을 통해 꽂히는 연속 공격은 이미 오버킬이다.

최근 두 사람은 스킬도 여럿 취득했다.

그중에는 【투척】도 포함되어 있다.

그리고 두 사람의 인벤토리는 이즈에게 받은 농구공 정도 크기의 철구로 가득했다.

다만 두 사람은 이번에 그걸 쓰는 일이 없었다.

자유롭게 있어도 된다는 말에 메이플은 시럽의 레벨을 올리면서 히드라로 무장을 파괴하고 있었다.

모든 무장이 파괴되면 다시금 【기계신】을 발동할 수 있다.

그러면 방어력이 오른다.

메이플은 이것을 이벤트까지의 일과로 삼기로 했다.

"앗! 시럽 레벨이 올랐네!"

메이플이 시럽의 머리를 쓰다듬으며 웃었다.

"스킬이 늘었어. 【성벽】?"

【성벽】은 스킬 발동으로부터 30초 동안 【인연의 가교】 장비

자의 주위에 파괴 가능한 벽을 계속 만드는 것이다.

메이플이 시험 삼아 써 보자, 메이플을 중심으로 2미터 정도 거리에 높은 벽이 순식간에 솟구쳤다.

이쪽이 공격할 수는 없겠지만, 상대도 마찬가지다.

적 시점으로 보았을 때, 그것은 마치 알 같았다.

안에서 태어나는 것의 모습은 결국 흉악하다.

"오보로는 어떤 스킬을 배웠을까⋯⋯. 아직 성장할까?"

메이플은 히드라로 무장을 파괴한 뒤, 나중으로 미뤘던 어느 스킬의 두루마리를 사러 갔다.

그 스킬은 【피어스 가드】.

즉, 방패에 관통공격 대책을 부여하는 것이다.

이 스킬을 사용하면 관통효과를 무효화할 수 있다.

이리저리 바빠서 취득하지 못하고 있었지만, 그 존재를 잊은 건 아니었다.

길드 본체의 강화도 무사히 끝났고, 카나데의 마도서도 차곡차곡 쌓였다.

이즈의 골드도 만족할 만큼 모여서 무사히 【새로운 경지】를 쓴 아이템 제작에도 충분한 양이 준비됐다.

사리는 피로를 풀고 최종조정까지 완벽하게 마쳤다.

크롬과 카스미는 수박 수집으로 【STR】, 【AGI】, 【INT】를 각각 현재 길드의 성능 한계치까지 올려서, 메이플은 보다 단단해지고, 유이와 마이는 화력이 더욱 강해졌다.

그렇게 준비기간 중에 각자 할 일을 다 마쳤을 때, 드디어 이벤트 시작일이 찾아왔다.

이번에는 여덟 명이서 참가한다.

"목표는 상위 입상!"

"이의 없음!"

길드를 세운 메이플과 사리가 이 게임에서 처음으로 맛보는 단체전.

소수정예의 힘을 보여주자는 마음을 담아서 여덟 명이 동시에 빛에 휩싸여 배틀 필드로 전이했다.

〈4권에서 계속〉

후기

가장 먼저, 지난 권부터 계속 이 책을 구입해 주신 여러분께 감사드립니다. 처음 구입해 주신 분들께는 앞으로 읽어 주시면 기쁘겠다고 말씀드립니다.

안녕하세요, 유우미칸이라는 자입니다.

여러분의 응원 덕분에 「아픈 건 싫으니까 방어력에 올인하려고 합니다.」 3권을 무사히 낼 수 있었습니다.

조금이라도 좋은 것을 전해드렸다면 다행입니다만…… 이번에도 많은 분의 도움을 받았기 때문에, 그것을 저 나름대로 돌려드렸으면 싶습니다.

2권부터 3권까지 오는 동안 제게 커다란 일이 몇 가지 있었습니다.

하나는 CM을 만들게 된 것입니다.

그것을 보았을 때는 왠지 신기한 기분이 들었던 것을 또렷이 기억합니다. 처음 글을 쓰기 시작했을 무렵에는 제가 그리지 않았던, 그런 멋진 것과 만날 수 있었기에 눈앞의 일이 믿기지 않는 기분.

앞으로도 이 감각을 잊지 않도록 하고 싶습니다.

또 하나, 코미컬라이즈 기획이 시작됐습니다. 이 소식을 들었을 때도 기쁨과 믿기지 않는다는 감각을 품었습니다.

저는 그림 쪽으로는 전혀라고 해도 좋을 만큼 실력이 없으니 메이플 일행의 모험이 눈앞에서 형태가 되는 것은 더없이 기쁜 일이지요.

자, 바로 그 코미컬라이즈 기획에 대해 조금 더 자세히 말해보겠습니다.

〈방어올인〉 만화판은 오이모토 지로 님이 담당하십니다.

메이플 일행의 분위기가 전해지기 쉽도록 귀여운 화풍이 되어서, 메이플 일행이 즐겁게 탐색하는 모습이 잘 전해지리라 생각합니다.

월간 콤프 에이스에 연재되니까, 나왔을 때 구입해 주신다면 기쁘겠습니다.

〈방어올인〉도 3권입니다만, 3권 분량은 한창 제가 좋아하는 것을 마구마구 담던 시기에 썼단 말이죠……

거듭 돌이켜 보면 그걸 썼을 때보다 그 사실이 또렷하게 느껴집니다. 묘사를 추가하기도 해서 그게 잘 전해지기를 바라는 마음입니다.

  응원해 주신 여러분에게 조금이라도 좋은 소식을 전해드릴
수 있도록, 앞으로도 가능한 일을 하나씩 해 나간다.
  이것을 중요하게 여기면서 「아픈 건 싫으니까 방어력에 올
인하려고 합니다.」 3권을 마무리하겠습니다.

  한 걸음 한 걸음을 소중히.
  또 좋은 소식을 전해드릴 수 있는 날.
  언젠가 그런 4권에서 만나는 것을 기대하고 있겠습니다!

                                              유우미칸

아픈 건 싫으니까 방어력에 올인하려고 합니다. 3

2019년 07월 15일 제1판 인쇄
2020년 02월 28일 제2쇄 발행

지음 유우미칸 | **일러스트** 코인

옮김 한신남

발행 영상출판미디어(주)
등록번호 제 2002-000003호
주소 21311 인천광역시 부평구 평천로 132 (청천동)
전화 032-505-2973(代) | FAX 032-505-2982

ISBN 979-11-6466-230-2
ISBN 979-11-319-9451-1 (세트)

ITAINO WA IYA NANODE BOGYORYOKU NI KYOKUFURI SHITAITO OMOIMASU. Vol.3
ⓒYuumikan, Koin 2017
First published in Japan in 2017 by KADOKAWA CORPORATION, Tokyo.
Korean translation rights arranged with KADOKAWA CORPORATION, Tokyo.

구매 시 파손된 도서는 구매처에서 교환하실 수 있습니다.
기타 불편사항, 문의사항이 있으신 독자님께서는 노블엔진 홈페이지
[http://novelengine.com] 에서 Q&A 게시판을 이용해 주시기 바랍니다.

힘들게 현자로 전직했더니 레벨1로 게임 세계에 다이브?!
머리는 어른, 몸은 꼬마! 귀여운 현자님의 이세계 분투기!

꼬마 현자님, Lv.1부터 이세계에서 열심히 삽니다!

1

내 이름은 쿠죠 유리, 열아홉 살!
VRMMO 〈엘리시아 온라인〉을 플레이 중, 겨우겨우 염원했던 현자로 전직했어!
그런데 전직 퀘스트를 마치고 '진정한 엘리시아로 가겠습니까?'라는 선택지가 떠서
얼떨결에 승락했더니, 게임 속 세계로 들어왔어!
그런데 외모는 아바타와 똑같은 어린아이(8세)?! 게다가 레벨은 1이라고?
흐에에에엥~ 대체 어쩌다가 이렇게 된 거야아아아!
정신까지 어려진 꼬마 현자님, 이세계에서 어떻게든 잘 살아 보겠습니다!

아야토 유메 지음 / 타케하나 노트 일러스트

영상출판
미디어(주)

리아데일의 대지에서

1

사고로 생명유지 장치 없이는 살 수 없는 소녀 '카가미 케이나'는
VRMMORPG 『리아데일』에서만 자유로울 수 있었다.
그러던 어느 날, 생명유지장치가 멈추고 정신을 잃었다 깨어난 케이나는
자신이 플레이한 게임 세계에서 200년이 지난 곳에 있었다?!

현실이 된 게임 세계, 하이엘프 캐릭터 '케나'가 된 케이나는
200년 동안 무슨 일이 있었는지 알아보면서 새로운 세계를 접해 나가는데――.

©Ceez 2019 ILLUSTRATION : Tenmaso
KADOKAWA CORPORATION

Ceez 지음 / 텐마소 일러스트

영상출판
미디어㈜

이세계 유유자적 농가

1~2

투병 끝에 젊은 나이로 세상을 떠난 청년.

신의 자비로 '건강한 몸'을 받아서 전이한 이세계에서, '만능농기구' 하나로

생전에 꿈만 꿨던 농사일을 시작하는데——

자유롭게 개척하는 대지, 개척한 농지로 하나둘 모여드는 새 가족들.

느긋하고 즐거운 삶이 여기에 있다!

게임 시나리오 라이터가 전하는

슬로 라이프×이세계 농업 판타지, 여기에 개막!

©Kinosuke Naito
Illustration : Yasumo
KADOKAWA CORPORATION

나이토 키노스케 지음 / 야스모 일러스트

영상출판
미디어㈜

이세계 유유자적 농가

1~2

투병 끝에 젊은 나이로 세상을 떠난 청년.
신의 자비로 '건강한 몸'을 받아서 전이한 이세계에서, '만능농기구' 하나로
생전에 꿈만 꿨던 농사일을 시작하는데——
자유롭게 개척하는 대지, 개척한 농지로 하나둘 모여드는 새 가족들.
느긋하고 즐거운 삶이 여기에 있다!
게임 시나리오 라이터가 전하는

슬로 라이프×이세계 농업 판타지, 여기에 개막!

ⓒKinosuke Naito
Illustration : Yasumo
KADOKAWA CORPORATION

나이토 키노스케 지음 / 야스모 일러스트

영상출판
미디어㈜

계속해서 뒤쪽 세계의 평화에도 힘을 쓰는 토야!
스마트폰과 함께 이세계 생활은 계속됩니다!

이세계는 스마트폰과 함께.

16

뒤쪽 세계에서 본격적으로 활동을 시작한 토야 일행.
우연히 갈디오 제국 황자의 비밀을 알게 되고,
그 이웃 나라 아이젠가르드의 침공에 맞서는데 …….

모험자 아카데미 첫 승격 시험을 다룬 번외편도 포함!
대인기 유유자적 이세계 판타지 제16권!

후유하라 파토라 지음 / 우사츠카 에이지 일러스트

영상출판
미디어㈜

키즈나 아이 1st 사진집 AI

《 2019년 7월 출간 》